파라다이스의
가격

파라다이스의 가격
© 서진 2013

초판 1쇄 인쇄 2013년 7월 12일
초판 1쇄 발행 2013년 7월 19일

지은이 서진

펴낸이, 편집인 윤동희

편집 김민채 홍성범
사진 강선제
디자인, 그림 이진아
종이 실키카펫 sw 210g(표지) 백색모조 100g(본문)
마케팅 한민아 정진아
온라인 마케팅 김희숙 김상만 이원주 한수진
제작 서동관 김애진 김동욱 임현식
제작처 영신사

펴낸곳 (주) 북노마드
출판등록 2011년 12월 28일 제406-2011-000152호

주소 413-120 경기도 파주시 회동길 216
문의 031.955.8886(마케팅)
      031.955.2646(편집)
      031.955.8855(팩스)
전자우편 booknomadbooks@gmail.com
트위터 @booknomadbooks
페이스북 www.facebook.com/booknomad

ISBN 978-89-97835-29-4 03810

파라다이스의
가격

소설가 서진의
하와이 일기

서진 지음

북노마드

차례

하와이의 좋은 것들은 모두 공짜다.

그해 겨울은 유난히 바빴다. 돌양은 밀려드는 디자인 업무 때문에, 나는 장편 소설을 마감하느라 몸과 마음이 쇠약해져가고 있었다. 그래서 짬이 날 때마다 쌓아둔 마일리지로 하와이를 갈 수 있는지 체크해보곤 했다.

하와이엔 이미 네 번 정도 가보았다. 미국으로 가는 길에 스탑오버Stopover로 짧게는 일주일, 길게는 이주일 정도를 머물렀다. 상대적으로 일정이 자유로운 소설가에게 스탑오버는 보너스 여행이다. 그리고

2009년 봄, 돌양과의 미국 신혼여행도 하와이를 경유해서 가게 되었다. 하와이에서 일주일을 보낸 후, 돌양은 샌프란시스코와 라스베이거스를 도는 내내 하와이에 대해 말했다. 다음엔 다른 곳이 아니라 온전히 하와이에서만 몇 달을 보내고 싶다고.

다음해에는 백 년 만에 폭설이 내린 워싱턴 DC 부근에서 통역 일을 하고 받은 돈으로 따뜻하다는 마이애미와 최남단의 키웨스트까지 자동차를 렌트해서 달렸다. 동부보다 훨씬 따뜻하지만 물에 들어갈 수 있는 정도는 아니었다. 그림 같은 바다와 요트들을 보며 우리가 정말 가고 싶은 바다는, 파도가 치고 물고기를 매일 볼 수 있는 바다라는 것을 새삼 확인했다. 이를테면, 하와이 같은 곳 말이다.

하와이행 마일리지 티켓을 알아보는 것은 계획이라기보단 위안에 가까운 것이었다. 그곳에만 가면 행복할 수 있을 것 같았다. 그러던 어느 날, 마일리지로 하와이를 왕복할 수 있는 표를 발견했다. 출발은 약 한 달 뒤. 체류 가능한 기간은 두 달. 표를 끊었다.

나는 충동적인 여행을 좋아하지 않는다. 숙소부터 시작해 렌터카와 여행 일정까지 빈틈없이 준비되어야 안심할 수 있다. 게다가 이건 일주일 정도의 관광 여행이 아니라 두 달이나 머무르는 장기 여행이다. 하지만 떠나는 전날까지 우리는 일에 매달리다, 날짜에 떠밀려 당일 숙소도 정하지 않고 비행기를 타고 말았다. 전 세계 홈리스Homeless들이 홈리스가 되고 싶은 곳 1위인데, 뭐 어떻게 되겠지 하는 마음과 우리가 머물 집을 찾는 것이 생각보단 쉬울지 모른다는 막연한 기대를 가지고.

당연히 시작은 순조롭지 않았다. 유스호스텔에서 젊은 사람들과 부대끼고, 집을 구하는 데 몇 번의 퇴짜를 맞은 뒤에야 기적적으로 와이키키 한가운데 방 두 개짜리 아파트를 얻었다.

방 하나를 민박 삼아 다른 사람들에게 빌려주면서 본격적으로 하와이에서의 생활이 시작되었다. 우리는 하와이에 대한 막연한 기대를 했었지 구체적인 생활의 방법을 생각해둔 건 아니었다. 그리고 하루하루, 새로운 문제에 부딪치고 그걸 해결하고, 하와이의 또다른 면을 발견하게 되었다. 역시, 관광을 하는 것과 사는 것은 달랐다. 아주, 많이.

○○○

친구들은 두 달 동안 하와이에 살면서 무얼 했느냐고 묻는다. 와이키키 중심, 어렵게 얻은 아파트에 총 세 팀의 한국 사람들, 세 팀의 외국 사람들을 민박 손님으로 받았다. 소설은 읽지 않았다(거짓말이다. 두 권 정도 읽었다). 소설은 쓰지 않고 매일매일 일기만 썼다. 와이키키 앞 바다에서 거의 매일 스노클링Snorkeling을 하고, 바디보드Body Board를 탔다.

되도록 버스를 타고 섬 주변과 다운타운을 다녔다. 오아후 섬의 북쪽 해안에도 서너 번, 동쪽 해안은 더 자주 다녔다. 등산을 하다가 길을 잃은 적도 있고, 마우나 폭포에도 가봤다. 세계 최대의 아웃도어 쇼핑몰이라고 자랑하는 알라 모아나 쇼핑몰은 언급하지 않겠다. 푸드코트도 자주 갔다. 로스 매장(할인 의류 쇼핑몰)에 열 번 정도 간 것은 다 돌양 때문이다. 하와이 주립도서관, 와이키키 도서관, 카일루아 도서관에도 갔다. 물론 반스 앤 노블과 보더스 서점에도 들렀다. 와이키키의 초특급 호텔의 로비와 역사에 대해서도 알 만큼 알게 되었다. 난생 처음 관광 가이드가 되어 9인승 밴을 몰고 오아후 섬을 한 바퀴 돌기도 했고, 수백 마리의 물고기떼들에게 포위당하기도 했다. 고래와 돌고래의 점프를 목격했으며 처음으로 다이빙을 했다. 바디보드는 어느 정도로 탈 수 있게 되었고 물에 빠져 죽을 뻔한 경험을 한 번 했다. 일본 지진 때문에 쓰나미 경보를 들었고, 차를 견인 당해봤으며, 차가 멈춰서 점프 스타트를 해보기도 했다.

민박을 하던 한국관광객들에게 아파트를 맡기고 마우이 섬에도 다녀왔다. 소형차를 예약했지만 험한 길에서 중형 세단을 몰았고, 거북이와 함께 수영했으며, 50번 넘게 구불구불한 길을 돌았다. 석단이 필요 없는 야외 바비큐를 했고, 인적 없는 해변가에서 보름달 아래에서 키스를 했다. 마우이 누드비치에도 갔으며, 파도가 치는 곳이면 그곳이 어디든 서핑을 즐기는 서퍼들도 구경했다.

　우쿨렐레 두 대를 샀고, 한 대는 공짜로 얻었다. 한 명의 한국 뮤지션을 만났고 두 명의 유학생과 어울렸고, 한 분의 현지 교수님과 친구가 되었고, 클럽에서 한 명의 여자가 나를 유혹했다(혹은 그렇다고 나는 주장한다). 단골 식당과 바가 생겼다. 내가 먹은 아히Ahi 참치는 총 몇 킬로그램인지 모르겠다. 내가 마신 코나 맥주도, 코나 커피도 몇 리터가 되는지 환산 불가능하다. 나중에는 우리 동네 홈리스들의 얼굴을 다 알게 됐고, 무뚝뚝하던 한국 식당 아주머니도 말을 건넸고, 바텐더는 알아서 내술을 주문해주었다. 생각난 것만 해도 이 정도인데 매번 사람들에게 내가 한 것들을 다 이야기해줄 수가 없었다.

　장편 소설을 쓰려면 준비만으로도 석 달은 충분히 보낼 수 있다. 하지만 두 달간을 일하지 않고, 그냥 노는 것은 생각보다 힘든 일이라는 걸 깨달았다. 매일 어디를 가고, 무얼 먹을지, 어떻게 하면 즐거운 시간을 보낼지 고민하는 것도 만만찮은 일이었다. 여행을 다녀온 사람들은 구체적인 일화를 나열하기보다는 추상적인 말로 일관하기 때문에 - '호텔과 쇼핑몰만 다녀서 지루했어.' '술만 마셨어.' '아기자기하게 좋았어.' '너무 더워서 힘들었어.' - 나는 되도록이면 구체적인 이야기를 해주고 싶었다. 그래서 매일매일 일기를 적었다.

일기 쓰는 습관을 가질 수 있게 해주신 초등학교 6학년 선생님께 감사드린다. 모범생이라 매일매일 하루도 빠지지 않고 일기를 썼다. 지금도 그때의 일 년치 일기장을 보관하고 있는데, 언제든지 펼쳐보면 그때의 기억이 되살아난다. 사진도 비디오도 아닌 문자로 된 일기 때문에 나는 1년간의 기억을 고스란히 건질 수 있었던 것이다. 하와이에서 일기를 쓴 것도 그런 이유다. 별일이 일어나지 않아도, 재미있는 일이 없어도 덤덤하게 하루하루를 기록했다. 그리고 나중에 일기를 읽을 때 2011년 2월 24일부터 시작하는 55일간의 기억이 고스란히 재현될 수 있도록 하고 싶었다.

그래도 한마디로 요약해보라는 친구들에게 어떤 말이 좋을지 생각해본다. 아, 이것이 좋겠다.

'하와이의 가장 좋은 것들은 모두 공짜다.'

하와이에 사는 블로거가 한 말인데 그게 무슨 뜻인지 처음엔 알지 못했다. 하와이 하면 떠오르는 건 러셔리 호텔, 신혼여행, 이국적인 음식, 홀라춤이다. 하지만 조금만 더 여유를 가지고 머문다면 하와이가 주는 것은 청명한 공기, 열대어들과 산호초가 가득한 바다, 보드를 탈 수 있는 파도, 종잡을 수 없는 나무와 폭포 같은 자연이라는 것을 알게 될 것이다. 그것은 공짜다. 그리고 신혼부부든, 서퍼든, 아이들과 함께 온 가족이든, 주름이 가득한 노부부든, 하와이에서 행복해 죽겠다는 그런 표정은 아무리 비싼 돈을 준다고 해도 살 수 없는 것들이다. 이른바 알로하 마인드Aloha Mind가 공기 중에 달달하게 녹아 있다.

여행을 끝내고 돌아와서, 문득 생각한다. 어쩌면 인생에 있어서도 가장 중요한 것은 공짜로 얻어지는 것이 아닐까?

하지만 건강을 지키기 위해서 헬스클럽을 다녀야 하고, 영양제도 먹어야 하고, 일반 제품보다 훨씬 비싼 유기농 농산품과 한우를 사 먹어야 하고, 공기 좋은 곳에 가기 위해서는 차가 있어야 한다. 좋은 성적을 유지하기 위해서는 학교 공부도 모자라 과외를 해야 하고, 대학생들은 공무원시험 준비에다 취직 준비도 해야 한다. 좋은 직장에 들어가면 밤 늦게까지 일해야 하고 스트레스는 몸에 나쁜 술로 푼다.

인생에서 가장 소중한 것은 어차피 공짜일 텐데, 우리는 왜 값비싼 대가를 치르고 있는 것일까? 매일 아침 좋은 공기를 들이마시고 파도를 한 시간 정도 탈 수 있다면 – 혹은 산을 오르거나, 숲을 산책하거나, 강이나 바다에서 수영을 한다면 – 인생은 우릴 향해 알로하! 하며 반갑게 인사할 텐데.

1부

하와이의 홈리스 생활

Day 0
홈리스라도 좋아,
하와이를 다오

지난밤에 잠이 오지 않았던 것은 여행에 들떠서가 아니라 걱정 때문이었다. 별 준비 없이 하와이에서 두 달이라니. 알람은 일곱시에 맞췄는데 거짓말처럼 새벽 다섯시에 눈을 떴다. 알람이 울릴 때까지 침대에서 뒤척거렸다.

지금 살고 있는 4층 건물의 꼭대기 층의 집을 구한 건 행운이었다. 낡은 건물을 리모델링을 하는 중이었는데 근처에 집을 알아보러 다니던 우리의 눈에 딱 들어왔던 것이다. 내부는 공사를 한다고 엉망이었지만 앞으로는 황령산이 탁 트여 있고 옥상에서는 광안대교와 바다가 보였다. 방 두 개에 넓은 마루, 게다가 지금은 침실로 쓰는 옥탑방까지. 엘리베이터가 없는 게 흠이긴 해도 우린 젊으니까, 그런 건 별 문제가 되지 않았다. 게다가 3층의 철문만 닫아놓으면 늙은 강아지 한 마리와 고양이 세 마리가 함께 살기에도 안전하다. 전기장판으로 따뜻하게 데워진 침대에 누워 여전히 어둡기만 한 창밖을 보니, 굳이 이렇게 안전한 집을 떠나 아직 머물 곳도 정하지 않은 하와이로 떠나야 하나? 하는 후회가 슬그머니 들기 시작했다.

우리가 두 달 동안 지낼 집은 출발하기 직전까지도 구해지지 않았다. 휴가 렌탈로 나온 콘도나 호텔은 너무 비쌌고(방 하나짜리가 2천 달러 이상), 방 하나를 빌려주는 곳은 직접 가보지 않고 계약하기 힘들었다.

"뭐, 직접 가보면 구해지겠지. 하와이잖아? 홈리스가 되더라도 얼어 죽을 염려는 없어."

나는 돌양의 말을 쉽게 믿어버리는 경향이 있다. 제대로 알지 못해도 긍정적이고, 나는 또 그 말을 위안 삼아 믿어버리는 것이다. 일이 잘못되면 돌양을 원망한다.

알람이 울렸다. 돌양을 깨워 간단한 아침을 먹인 뒤에 집을 나섰다. 돌양은 나보다 일찍 부산을 출발해 나리타공항에 도착, 오후 한나절을 보낸 뒤, 호놀룰루루 가는 일정이고, 니는 늦은 오후에 부산을 출발해서 인천에서 바로 호놀룰루로 가는 일정이다. 마일리지를 이용한 보너스 여행이라 두 명이 함께 갈 수 있는 좌석 여유가 없어서 부득이하게 다른 비행기를 타야 했다. 일본을 경유한 돌양은 나보다 두 시간 일찍 호놀룰루에 도착한다.

"입국장에서 기다려. 후훗, 하지만 만날 수 없을지도 몰라. 여행지에서는 별의별 일이 다 생기니까."

돌양에게 겁을 주었다. 그런데 정말 만날 수 없으면 어떻게 될까? 비행기를 놓칠 수도 있고 입국 심사에서 문제가 생길 수도 있으니까. 전화기도 없는데 어떻게 연락한담?

공항버스를 태워 돌양을 보내고 나는 목욕탕에 갔다. 목욕탕에는 영원히 할아버지 상태로 살아온 것 같은 두 남자가 묵묵히 때를 밀고 있었다. 이런 사소한 풍경은 외국에 가면 절대로 볼 수 없겠지.

준석 커플과 양산소녀를 깨웠다. 우리가 없는 두 달 동안 커플 작가는 큰방을 작업실 삼아 그림을 그릴 것이고, 양산소녀는 내 작업실인 작은 방에 머물며 돌양의 옷가게를 봐줄 것이다. 그들과 마지막으로 청소를 했다. 세 마리의 고양이와 한 마리의 강아지가 만든 털과 쌓인 먼지, 일을 한다고 방치해둬서 뭐가 뭔지 모르는 쓰레기가 쌓인 집을 깨끗이 치웠다.

보통 우리의 여행은 최대한 짐을 간소화해서 가벼운 배낭 하나만을 들고 떠나곤 했는데 이번에는 커다란 가방에 고추장과 된장, 김과 밑

반찬, 라면과 햇반 따위의 비상식량을 가득 채웠다. 지낼 곳을 제대로 정하지 않고 가기 때문에 불안한 마음에 가방을 더 꽉꽉 채우려 들었는지도 모르겠다.

인천으로 가는 비행기의 대합실에는 외국인들이 많았다. 인천에서 비행기를 갈아타야 하는 나 같은 사람들이겠지. 같은 시간 돌양은 나리타공항에서 저녁에 탈 비행기를 기다리고 있을 것이다. 돌양은 미처 끝내지 못한 일을 공항에서 열심히 하고 있을지도 모른다.

가족과 친구 몇몇에게 전화를 했다. 다들 건강히 잘 다녀오라는 진심 어린 인사를 해주었다. 그런 작별인사를 받는 걸 좋아한다. 누군가 나를 걱정해주고 있다는 진심이 느껴져서 좋다. 통화를 끝내고 휴대전화를 정지시켰다. 그리고 인천공항으로 가는 비행기에 올라탔다.

ooo

인천공항에 도착했다. 대기시간 동안 공항을 천천히 둘러볼 여유가 생겼다. 출국장 꼭대기에 있는 전망대에서 커피와 샌드위치를 먹으면서 승객과 짐을 기다리는 비행기를 구경했다. 비행기들이 마치 앞마당에 모여 있는 거대한 동물처럼 보였다. 해가 지니 활주로와 공항에 노란 불빛이 들어왔다. 옆 테이블에는 단체 여행을 가는 가족과 친척들이 있었고 다른 한쪽에는 유학을 보낸 아이들을 보기 위해 필리핀에 가는 부모들이 모여 있었다. 그들의 대화를 훔쳐 들으며 시간을 보냈다.

글을 쓰다가 잘 써지지 않을 때는, 생각을 전환할 수 있는 공간을 찾아 나서곤 한다. 카페나 백화점, 도서관도 좋다. 하지만 공항처럼 많은 아이디어를 손쉽게 얻을 수 있는 곳은 없을 것이다. 먼 곳으로 가는 사람들의 이야기, 이별하는 사람들의 이야기, 혹은 만나는 사람들의 이야기를 술술 쓸 수 있을 것만 같은 기분이 든다. 나는 아이패드를 꺼내 몇 자를 써본다. 오늘, 스물네 시간 동안 거쳐야 하는 세 공항의 코드를 적어본다. PUS, ICN, HNL…….

보안검색대를 지나자 초대형 쇼핑몰 같은 로비가 나왔다. 승객들의 손에 면세점 비닐가방이 하나씩 들려 있다. 공항 면세점이 어떤 역할을 하고 있는지, 혹은 왜 만들어졌는지 여전히 혼란스럽다. 차라리 대형 서점이나 편안한 카페, 맥주 전문점이 생기면 좋겠다. 세상은 점점 고객이 원하는 쪽이 아니라 회사가 원하는 쪽으로 바뀌고 있다.

호놀룰루로 가는 인천발 비행기에는 의외로 일본 승객이 많았다. 옆자리에 일본인 중년 여성 두 명이 앉았다. 옆에 앉은 일본 여자들은 식사가 나올 때마다 연신 사진을 찍어댔다. 듣던 대로 기내식에 비빔밥이 나왔다. 참기름이 뭔지 모르는 것 같아 설명을 해주었다.

"이걸 넣고 비비면 더 맛있어요."

아주 당연한 사실인데도 이방인들에게는 낯선 일일 테다. 여행을 가는 이유 중의 하나도 그런 '사소하고 이상한 것들'을 경험하기 위해서 겠지. 기내 영화에 한글 지원이 되어 좋았다. 자막뿐만 아니라 한국어 더빙을 한 영화도 있어서 20년 전쯤으로 돌아가 '주말의 명화'를 보는 듯했다. 나는 존 레논의 다큐멘터리를 보았는데 무엇이든 지나치면 도가 트이게 되나 보다, 라는 생각을 했다. 오노 요코와의 지극한 사랑은 약간의 미스터리로 느껴졌다. 사랑과 평화를 지나치게 바랐던 그는 아직도 사랑과 평화를 믿고 있는 순진한 사람들에게 노래를 들려주고 있다. 엔딩 크레딧으로 〈이매진Imagine〉이 흐를 때, 살짝 눈물이 났다.

좁은 이코노미 좌석이 불편해 뒤척이다가 잠시 잠이 들었다 깨니 목적지에 도착한다는 안내가 흘러나왔다. 여덟 시간 남짓 걸렸다. 나쁘지 않다. 로스앤젤레스나 뉴욕으로 가는 노선은 정말 오랫동안 고문을 당하다가 다른 비행기를 갈아타고 또 고문을 당해야 하니까. 저녁에 출발했는데 시간은 같은 날 아침이다. 하늘은 푸르고 비행기 아래도 눈이 시릴 정도로 푸른 바나다. 놀양은 입국장에서 나를 기다리고 있을까? 문득 걱정이 된다.

호놀룰루공항 입국장에서 생화로 만든 레이(Lei_ 하와이의 화환)
를 걸어주는 돌양은 찾아볼 수 없었다. 혹시 입국 심사를 잘못 받아 도로
한국으로 돌아간 것은 아닌가 걱정을 하며 주변을 두리번거리다가 화단
에서 정신없이 책을 읽고 있는 돌양을 발견했다.

"어이, 서방님 오시는데 너무 무심한 거 아냐?"

돌양은 입국 심사에 한참을 잡혀 있었다며 투덜거렸다. 왜 두 달
동안이나 있을 예정이냐, 함께 왔다던 남편은 어디 있느냐, 현금은 얼마
나 가지고 왔느냐, 신용카드에는 얼마가 있느냐를 계속 물어보더란다.
그들은 불법 취업을 의심하는 거겠지만 우리는 이곳에서 일할 생각이
전혀 없다. 돌양은 결국 내 비행기 일정이 프린트된 종이를 보여주고서

야 입국 심사를 통과할 수 있었다고 한다. 그러고 보니 입국 심사 때 나에게 만 달러 이상의 현금을 가져왔느냐고 직원이 물었다. 나는 이렇게 대답했다.

I wish I have(정말 그랬으면 좋겠어).

∘∘∘

호놀룰루공항의 하늘은 흐리고 공기는 후덥지근했다. 아! 정말 하와이구나, 하는 감흥이 와야 하는데 전날 잠도 설치고 비행기에서도 깊은 잠을 자지 못해 몸 상태가 엉망이었다. 일단 화장실에서 반바지와 알로하셔츠로 갈아입고 선글라스를 썼다. 와이키키로 가는 호텔 셔틀을 탔다.

와이키키에 다가갈수록 하늘은 에메랄드빛으로 바뀌기 시작했다. 셔틀 버스가 호텔 밀집 지역을 빠져나와 칼라카우아 거리Kalakaua Avenue로 들어서자 눈이 시릴 정도로 푸른 바다와 파도를 타는 서퍼들이 보였다. 그제야 아, 하와이구나 하는 생각이 들었다 이곳에 오고 싶었던 이유 중의 하나가 저런 풍경 때문이었다.

일단 인터넷에서 봐둔 유스호스텔에서 2박을 하기로 했다. 호텔에 묵는 것보다 돈도 절약하고 유스Youth라는 말이 들어 있으니 젊은 시절로 돌아가볼 수도 있을 것도 같았고. 유스호스텔에 한 번도 묵어보지 못했다는 핑계도 있었다. 프라이빗 룸을 원했지만 예약을 하지 않았기 때문에 도미토리 룸 밖에 없었다. 와이키키에 몇 안 되는 유스호스텔이라 인기가 좋았다.

카운터에서 시트 커버, 이불, 베개 커버를 받아 배정된 방에 갔다. 거실 쪽에 이층침대 두 개, 안쪽 방에 이층침대 두 개, 총 여덟 명이 잘 수 있는 구조다. 침대에는 마치 병상의 환자처럼 그 침대의 주인에 대한 정보가 꽂혀 있었다. 숙박기간이 지나거나 비어 있는 침대를 이용하면 된다고 했다. 바깥보다는 안쪽이 나을 것 같아서 들어갔는데 아무리 청소시간 전이라지만 속옷과 수건, 짐들이 아무렇게나 널브러져 있었다. 돌양의 얼굴이 구겨졌다.

체크아웃 날짜가 지난 날짜의 침대로 가서 일단 누웠다. 나는 2층, 돌양은 1층. 호스텔을 나가고 싶은 마음이 굴뚝같았지만 숙박비도 계산해버렸고 몸이 너무 피곤했다.

"바닥에 뭔가가 떨어져 있어."

돌양이 주운 건 고무줄에 돌돌 감긴 백 달러짜리 꾸러미. 족히 이천 달러는 될 듯싶었다.

"이 돈이면 집을 구하는 동안 멋진 호텔에 묵을 수 있겠다."

나는 돈 꾸러미를 만지작거렸다.

"칠칠맞은 녀석의 전 재산일 거야. 프런트에 갖다줘."

돌양은 생각할 가치도 없다는 듯 말했다.

나는 아쉬운 마음에 돈 꾸러미를 슬쩍 풀어보았다. 안쪽에는 숙소 예약 메일을 프린트해 온 것이 있었다. 녀석은 돈을 잃어버렸다는 것을 모르고 바다에 나가 신나게 놀고 있거나, 돈을 어디서 잃어버렸는지 몰라 패닉에 빠져 허둥대고 있겠지. 프런트에 갖다주니 직원이 놀란 눈빛으로 나를 쳐다봤다.

"감사해요. 요즘에 이런 선행을 베푸는 사람은 드문데."

대답 대신 웃고 말았다.

선행에 보답이 온다는 말은 평소에 믿지 않았지만 운좋게 집을 얻을 수 있다면 아마도 이 선행 때문일 것이다. 하지만 우선은 쏟아지던 잠은 달아나고 허기가 지기 시작했다.

와이키키 해변 근처에는 우리가 좋아하는 한국 식당 '미 바비큐'가 있다. 주차장 옆에 작게 마련된 테이크아웃 전문점인데 갈비와 바비큐, 국수와 비빔밥 등을 판다. 하나를 사서 둘이 나눠 먹어도 충분할 만큼 양이 푸짐하다. 어찌된 일인지 하와이에선 한국 식당이 아닌 곳에도 흔하게 갈비와 불고기를 판다. 하지만 '미'만큼 맛있는 곳은 찾지 못했다. 현지인들도 맛의 차이를 알고 찾아오는지 가게는 구석진 곳에 있어도 항상 북적인다. 우리는 갈비 도시락 하나를 나눠 먹고 숙소에 돌아와 바로 잠이 들었다.

한참을 자고 있는데 시끄러운 소리가 들렸다. 2층 침대에서 내려다보니 피부가 검은 라틴계 남자가 빠른 영어로 돌양에게 화를 내고 있었다.

"나는 여기에 3개월째 살고 있는데, 누가 내 자리를 침입한 적은 한 번도 없었다고! 여기 내 짐을 보면 몰라?"

하지만 녀석은 침대에 숙박 정보를 붙여놓지 않았다. 짐이라고는 큰 수건밖에 없었고, 수건 아래에 가방이 있던 걸 몰랐다. 잠이 덜 깬 돌양을 대신해 오해를 풀고 거실과 주방 쪽의 침대로 자리를 옮겼다. 그것으로 끝이었다면 좋았으련만, 그 라틴 남자는 다른 방의 친구들을 불러들여 시끄럽게 떠들어댔다. 그들도 이곳의 장기 투숙자들처럼 보였다. '너 어디서 왔니? 잘 지내자, 나 한국에서 왔어. 편하게 지내. 우리 방에 있는 친구들, 서로 소개를 해볼까?' 상상했던 유스호스텔의 낭만은 어디로 가고 청소도 안 하는 더럽고 시끄러운 젊은이들만 있는 것인가. 녀석이 우리가 주운 돈의 주인이었다면 프런트에서 다시 찾아와서 돌려주지 않고 싶었다. 돌양의 표정은 나빠져만 갔다.

더이상 낮잠을 잘 수 없어서 다시 밖으로 나왔다. ABC 스토어에 들러 선크림과 물을 사고 휴대폰을 개통했다. 여전히 해변의 등나무 밑에선 알로하셔츠를 입은 할아버지 할머니들이 단체로 우쿨렐레를 연주하고 있었고 일본에서 온 젊은 여자들은 그 해에 유행하는 원피스를 입고 돌아다녔으며 보드를 든 서퍼들의 근육은 탄탄해 보였다. 이틀 안에 집을 구할 수 있겠지? 그런 풍경들을 보면서도 초조해지는 마음은 어쩔 수 없었다.

저녁에 호스텔의 로비에서 한국인 청년을 만났다. 그는 부산에, 그것도 광안리의 우리집 근처에 살고 있단다. 졸업을 기념하는 배낭여행을 준비하다 우연히 저렴한 하와이행 항공권을 구입할 수 있어서 오게 되었고 2주 정도의 일정으로 오아후, 빅 아일랜드, 마우이를 돌았다고 한다.

"혼자 다니면 심심하지 않아요? 혹시 연애사건이라도?"

"글쎄요. 혼자 다니다보니 다들 친절하게는 대해주는데, 정작 이렇다 할 사건은 없었어요."

저런, 위로의 마음을 담아 맥주를 사주었다.

소란스러운 라운지에는 많은 젊은이들이 삼삼오오 모여 하루를 정리하고 있었다. 어쩐지 이건, 수학여행을 온 기분이다. 아니면 엠티를 온 대학생 모임 한가운데 떨어진 기분.

"태평양을 건너와 난민이 된 느낌이 들어."

1층 침대에 누운 돌양이 쓸쓸한 목소리로 말했다. 2층 침대에 있는 나는 내려가 손을 잡아줄 수가 없었다. 유스호스텔에 묵기에는 우리가 너무 늙어버린 것일까? 내일은 집을 구할 수 있을까? 정말 내일 당장에라도 집이 구해졌으면 좋겠다고 생각하면서 잠이 들었다.

I wish I have.

ABC 스토어

와이키키에는 한 블록마다 ABC 스토어가 있다. 관광객을 위한 편의점이자 기념품 판매점이다. 마카다미아 땅콩, 선크림, 물놀이 기구, 커피, 삼각김밥과 핫도그…… 모든 걸 다 살 수 있다. 처음엔 지겹다가, 나중엔 정겨워지는 이상한 가게다. 편의점 크기부터 초대형 기념품 매장 규모까지 다양하다. 하와이 전체에 60여 개의 ABC 스토어가 있는데 대부분은 와이키키에 있다.

한밤중에 호스텔 문을 열고 한 남자가 나타났다. 불도 켜지 않고 방안을 서성거리다 문에 가장 가까운 쪽의 침대에 몸을 뉘었다. 도둑인가? 아니지, 카드키가 없으면 들어올 수 없으니 새로운 손님이겠지. 그런데 이렇게 한밤중에 몰래 들어오는 건 뭐람. 나는 이층침대 위에 있었으므로 그의 실루엣을 또렷이 볼 수 있었다. 등이 굽고 동작이 굼뜬 것으로 보아 노인이 틀림없었다. 제대로 된 짐도 없는 것 같았다. 호스텔에서 제공하는 시트를 정성스럽게 깔고 베개 커버를 씌운 뒤에 베개를 통, 통 쳐서 부풀렸다.

그리곤 자리에서 일어나 내 침대 앞을 지나갔다.

"화장실이 어딥니까?"

어둠 속에서도 노인은 내가 잠에서 깨어 있다는 것을 알았나보다. 아니면 누군가 대답해주길 바라며 허공에 대고 말했거나.

"그쪽은 화장실이 아니에요. 왼쪽으로 돌아가세요."

노인은 전동 휠체어가 필요할 정도로 천천히 걸어갔다.

잠이 오지 않았다. 커튼 사이로 노란 가로등 불빛이 새어나왔고, 약간 추웠으며, 노인이 신경쓰였기 때문이다. 어떤 사연으로 짐도 없이 호스텔에, 그것도 새벽에 들어온 것일까? 노인은 가끔 몸을 돌려 눕거나 기침을 했다. 그럴 때마다 그가 살아 있다는 증거를 본 듯 반가웠다. 아침에 눈을 떠 노인이 있던 침대를 보니, 노인은 사라지고 없었다. 구겨진 시트와 새로운 베개 시트만이 그의 존재를 증명해주었다. 하룻밤의 잠이 필요했던 집이 없는 노인이었을까?

오늘 아침, 같은 침대의 2층 자리는 예쁜 독일 여자아이의 차지가 되었다. 많아봤자 이십대 중반처럼 보이는 그녀는 마이애미의 호스텔에서는 수건을 주었는데 이곳에서는 주지 않는다고 투덜거렸다. 다행히 그녀는 이 방에 생기를 불어넣어주었다. 아이반(어제 화를 내던 라틴계 총각)도 유독 그녀에게 친절했다. 속보이는 녀석. 오늘 나이아본드 헤드 Diamond Head에 간다 하니, 가는 길까지 안내해주겠다고 나섰다.

바닥에 떨어져 있던 돈의 임자, 마크가 나타났다. 그는 몸집이 넉넉한 금발의 아저씨다. 아이반과 함께 안쪽 방의 침대에 장기 투숙중이 란다. 늦도록 술을 마셨기 때문에 오늘 아침까지도 돈을 잃어버렸다는 걸 알지 못했다고 했다. 같은 날 신용카드도 잃어버렸는데 그것도 누가 찾아주었다고(이런 대책 없는 사람 같으니). 술냄새를 풍기며 와인이나 식사를 대접하고 싶다고 했지만 생각한 것만큼 그에게 그 돈이 중요하게 보이지는 않았다. '당신은 이번 휴가를 망치지 않게 해줬어요, 정말하느님이 보내준 천사예요!' 정도의 감사인사는 들을 줄 알았는데. 괜히 돌려준 걸까? 하지만 그 돈을 돌려주지 않았다면 돌양의 말처럼 매일 악몽을 꿨을지도 모른다.

ㅇㅇㅇ

점심을 먹고 마침내 와이키키의 바다에 몸을 담갔다. 정확히 말하면 와이키키와 이어지는 쿠히오Kuhio비치다. 파도가 없고 물도 얕은 곳이라 가족 단위의 관광객들이 많았다. 할아버지와 손자들이 함께 백사장에서 노는 것을 보니, 손자와 노는 것은 어떤 기분일까 궁금해졌다. 조카와 노는 게 어떤 기분인지는 안다. 가까운 미래에는 아이와 함께 노는 기분도 알 수 있겠지.

아직도 앳되어 보이는 여자가 끊임없이 아이에게 주의를 주고(깊은 곳에 들어가면 안 돼!) 아버지에게 필요한 것이 없냐고 물어보는 모습(마실 것 필요하세요?)이 보기 좋았다. 여자에게는 늙어버린 아버지도 자신의 아이처럼 관심을 가져야 하는 사람일 것이다. 하와이에는 서핑을 하러 온 젊은이들도 많지만 나이 많은 할아버지, 할머니나 가족들도 많다. 한 시간도 헛되이 쓰지 않고 모든 것을 즐기려는 마음은 공기 중에 달달하게 녹아 있다. 나는 그걸 제멋대로 알로하 마인드Aloha Mind라고 이름 지었다. 이름을 짓게 되면 추상적인 것도 구체적인 것으로 변한다. 물론 알로하 마인드는 하와이에서 공짜로 구경할 수 있는 좋은 것 중의 하나다. 물에 들어가기 전에는 피곤이 가득했는데, 물놀이를 하다 보니 다 가져버렸다. 이게 다, 알로하 마인드 때문이다.

　　적당히 물놀이를 즐긴 후, 내가 가장 좋아하는 모아나 호텔(Moana Hotel_ 하와이에서 가장 오래된 호텔이다)의 로비에서 커피를 마시며 방을 알아보기 위해 전화를 걸었다. 휴가 전용 임대는 가격이 너무 비싸고, 룸 쉐어Room Share는 커플을 받지 않거나 임대 기간이 최소한 6개월이었다. 싸고 괜찮은 집은 모두 두세 달 전에 예약이 끝났다. 한 군데는 직접 가보기도 했다. 위치가 헤번과는 조금 떨어져 있지만 가격이 저렴하고 두 달도 임대가 가능하다고 해서 한걸음에 달려갔다. 펜트하우스라고 광고했지만 허름한 아파트의 꼭대기 층이라 더웠다. 에어컨도 침대도 없고, 벽에 구멍이 뚫려 있었다.

"에어베드를 사면 대충 잘 수 있어. 월마트 같은 곳에서 싸게 팔거든."

파트타임 웨이터이자 배우라는 집주인은 말도 안 되는 이야기를 했다. 에어컨도 침대도 없는 찜통 같은 방에서 튜브를 침대 삼아 자라니. 하하하. 일단은 통과. 다시 여기저기 전화를 걸었지만 이래저래 조건이 맞는 곳이 없었다. 다행히 부동산에서 싸게 내놓은 콘도가 있어 내일 보기로 하고 약속을 잡았다.

저녁에는 100여 종의 생맥주 종류가 있는 야드 하우스Yard House에 가서 하와이 누이 맥주(마우이 섬에서 만드는 맥주)와 아히 포키 스택 (아히 참치를 버무린 것을 감자튀김 위에 올린 것)을 먹었다. 이 집에서 내가 가장 좋아하는 안주다. 물론 야드 하우스의 100여 종의 생맥주를 더 좋아한다.

금요일 밤이라 관광객들이 죄다 쏟아져 나와 거리를 어슬렁거렸다. 거리의 예술가들도 많았다. 그중 키아라는 소녀가 기타로 할렐루야를 부르고 있었다. 절실함이 묻어나는 그 목소리는 한참을 그 자리에서 노래를 듣게 만드는 힘이 있었다.

숙소에 돌아오니 어제 노인이 자고 있었던 침대에 짧은 머리의 군인 같은 흑인 남자가 코를 드르렁 골며 자고 있었다. 독일 여자아이는 화장을 하고 파티복으로 변신한 뒤 손을 흔들며 사라져버렸다. 이 호스텔

어딘가에서 비밀 파티를 하고 있을지도 모른다. 우리만 쏙 빼놓고 말이다. 시끄러운 아이반과 알콜 중독 마크가 돌아와 자신들의 방 입구에 쳐진 차양이 없어졌다며 투덜거렸다. 방을 점검하던 매니저가 수건으로 차양을 치는 것은 규칙에 어긋난다며 수건을 걷어가버렸다. 안쪽 방에 에어컨이 있기 때문에 공기의 흐름을 막아서는 안 된다는 것이다. 장기 투숙중인 그들은 점점 그곳이 자신들의 집이라고 착각을 하게 된 것 같았다.

"어이, 너희들이 이곳 주인이야?"

잠을 자던 흑인 아저씨가 버럭, 한마디를 했다. 아이반과 마크는 찍소리도 하지 못하고 안쪽 방으로 들어가버렸다.

와이키키에서 머물 숙소 구하기

와이키키 안에는 호텔이 수없이 많고, 해변 전망을 포기한다면 저렴한 방도 많다. 핫와이어Hotwire에서는 등급과 위치를 정하면 할인하는 방을 쉽게 찾을 수 있고, 일반적인 예약이라면 익스페디아Expedia 등의 여행 사이트를 이용하면 된다. 한 달 이상의 장기 숙소는 크레이그 리스트(Craigslist_ 우리나라의 벼룩시장과 같은 곳이다)에서 직접 주인과 거래한다. 일반적인 임대는 3개월 이상 계약을 하고 'Vacation Rental'은 휴가를 오는 사람을 위해 단기로 계약을 한다. 식기를 비롯한 모든 용품이 마련되어 있으며 물론 가격은 일반 임대보다 비싸다. 에어비앤비Airbnb라는 민박 알선 전문 사이트도 있다.

Day 3
우쿨렐레 뮤지션,
조태준과의 만남

아침 일찍 일어나 부동산에서 소개해준 숙소를 찾아갔다. 호스텔
과는 반대쪽에 있는 와이키키 입구 쪽의 고층 콘도다. 걸어갈 수 있는 거
리이긴 하지만 적어도 이십 분은 걸릴 것 같아 버스를 탔다. 버스는 한동
안 출발하지 못했다. 휠체어를 탄 할머니를 태우기 위해서였다. 알 수 없
는 이유로 한참을 씨름하던 버스기사는 결국 휠체어를 싣는 데 성공했
다. 버스 안의 모든 승객은 불평 없이 기다려주었다. 미국의 버스는 휠체
어가 타고 내릴 수 있도록 설계되어 있다. 바퀴 유압이 낮아져서 차체가
내려가면 받침대가 자동으로 나오는 식이다. 어떤 경우라도 휠체어 장
애인을 태우고 가야 한다는 법이 있다. 우리나라에서는 본 적 없는 광경
이다. 부럽고 부끄러운 감정이 교차했다.

콘도에 거의 도착해 부동산에 전화를 걸었다.

"콘도 앞이라고요? 저는 지금 사무실에서 나갈 수가 없어요. 게다가 그 가격의 방은 두 달 뒤에나 들어갈 수 있어요. 저녁에 다른 집을 보여드릴 수 있는데⋯⋯."

가격이 지나치게 쌀 때 눈치를 챘어야 했다. 미끼 상품이었던 거다. 허탕을 치고 돌아오다가 차를 빌려 와이키키를 확 떠나버릴까, 아예 빅 아일랜드로 가버릴까를 고민했다. 마침 렌터카 사무실이 있어서 물어봤더니 작은 차들은 다 나갔다며 어이없이 비싼 대형차를 권했다. 그 순간 싼 렌터카가 있었더라면 우리는 북쪽 해변으로 갔을지도 모른다.

결국 호스텔을 하루 더 연장하기로 결정했다. 이틀 정도면 집을 찾을 수 있을 거라는 예상이 빗나갔다. 돌양은 아침의 일로 아주 화가 난 상태지만 오기가 생겨서인지 방을 바꿔달라는 말도 하지 않았다. 아침에 술주정뱅이 마크가 돈을 찾아준 답례라며 돌양에게 십 달러를 건네주며 아침을 사 먹으라고 했을 때, 돌양은 별말 없이 돈을 돌려주었지만 짜증이 극에 달했다는 것을 알 수 있었다.

맞은편 침대의 독일 여자아이는 지난밤 돌아오지 않았다. 가방은 그대로 열려 있고 펼쳐진 가방 사이로 고데기가 보였다. 그녀의 오빠도, 아빠도 아니지만 걱정이 되는 건 어쩔 수 없었다.

"정말 싫은 건 예의 없음이란 걸 깨달았어."

유스호스텔에서 즐거운 시간을 가지지 못하는 것에 대해 돌양의 결론은 이랬다. 우리가 예의를 아는 어른이 되었다는 뜻이기도 하고, 예의 없는 사람들을 보지 않기 위해서는 사생활이 보호되는 공간으로 가야 한다는 뜻이기도 하다.

우리가 이제껏 모든 여행에서 가장 중요하게 생각했던 숙소를 하와이라는 환상에 빠져 가볍게 생각해버렸다. 우리는 홈리스가 될 수도 없는데 홈리스면 어떠냐는 허세를 부린 꼴이다. 우리는 하루 빨리 직접 요리를 해서 끼니를 해결하고 싶다. 아침을 조용히 맞고 싶다. 늦잠을 자거나 손을 잡고 잘 수 있는 침대가 필요하다.

시내에 있는 한국 슈퍼마켓을 찾아갔다. 한인 무료 정보지가 문득 생각난 것이다. 보통 정보지의 뒷면에는 부동산 임대 광고가 있기 마련이니까. 중간에 버스를 잘못 내렸더니 황량한 거리가 나타났다. 특급호텔과 관광객, 야자수와 해변이 있던 곳에서 얼마 떨어지지도 않는데, 남미의 소도시 뒷골목이라고 해도 믿을 수 있을 정도로 낡고 빛바랜 거리였다.

역시 슈퍼마켓에 있는 정보지엔 임대 광고가 많았다. 슈퍼 한 귀퉁이의 푸드코트엔 무선인터넷도 가능했다(한국인들은 인터넷이 없으면 살 수 없다). 돌양이 열댓 군데 전화를 걸어봤지만 장기계약을 원하거나, 너무 멀거나, 민박집이거나, 커플을 원하지 않았다. 화장품 코너의 아주머니는 우리가 안쓰러워 보였는지 부동산 웹사이트를 알려주기도 했다.

'저기 그냥 아주머니 집에 빈방은 없습니까?'

라고 물어볼 뻔했다.

ooo

저녁에는 '우쿨렐레 피크닉'이라는 우리나라 최초의 우쿨렐레 밴드의 리더 조태준을 만났다. 하와이에 간다고 하니 친분이 있던 '불나방 스타쏘세지'의 리더 조까를로스는 그가 하와이에 있으니 꼭 만나보라고 했다. 웃는 모습이 서글서글한, 햇살에 건강하게 그을린 청년이었다. 사람들이 가득 찬 밤거리에서 걸어오는데도 반짝, 빛이 날 정도로.

우리는 쿠히오 거리에 있는 한적한 스포츠 바에서 맥주를 마셨다. 어디를 가나 코나 생맥주가 있으니까 어떤 맥주를 마실지 고민하지 않아도 좋다. 코나 페일 에일, 라거, 기네스를 마시고 마이타이로 입가심을 했나. 술을 전혀 못하는 돌양은 오렌지 주스를 두 잔이나 마셨다. 안주를 팔지 않는 곳이라 길 건너 슈퍼에서 마카다미아 땅콩과 육포, 과자를 사와서 먹었다.

하와이에서 부산 사투리를 들으니 반가웠다. 그는 부산에서 태어나 이십대 중반에 상경한 후 '하치와 TJ'라는 밴드로 활동했고, 그걸 인연으로 일본에서도 한동안 지냈다. '우쿨렐레 피크닉'은 작년에 음반을 냈는데, 이곳에 사는 우쿨렐레 마니아 유학생이 초청을 해줘서 오게 되었다. 하와이에는 이제 두 달째고 곧 귀국을 할 예정이란다. 그동안 우쿨렐레도 배우고 조깅도 하고 한가하게 해변을 걷기도 하면서 하와이 생활을 만끽했다고 한다.

낯선 곳에서 처음 만났지만 신나게 이야기를 나눌 수 있었던 것은 그가 워낙 재미있기도 하고, 외국인들 사이에서 지내다 한국말로 수다를 떨 수 있는 상대를 만나서였을지도 모른다. 바에서 시끄럽게 떠들어도 아무도 우리의 말을 알아듣지 못한다는 기이한 느낌도 한몫했다. 옆에 앉아 있던 외국인들은, 시끄러운 부산 사투리에 짜증이 났을 수도 있다. 알아들을 수 없는 말로 떠드는 중국인이나 이탈리아인들을 대할 때처럼 말이다.

"이제 형이라고 부를게요. 전 말이죠…… 하와이에 처음 올 때, 곡도 열심히 쓰고 우쿨렐레도 많이 배워야 하겠다는 비장한 각오로 왔어요. 개인 앨범을 곧 내야 하거든요. 하지만 시간이 지날수록 내가 음악에 대한 강박관념을 가지고 있다는 것을 깨달았어요. 제가 이곳에서 제일

좋아하는 건, 알라와이 대로를 따라 달리기를 하는 거예요. 해변에 가서 기분이 날 때마다 우쿨렐레도 치고요. 음악을 자연스럽게 즐기는 것이 제일 중요하다는 것을 깨달았어요."

　　좋은 여행을 하고 돌아가는구나. 유난히 그가 반짝거렸던 이유를 알게 되었다.

　　새벽이 되어, 와이키키 해변으로 나오자 거리가 한산했다. 밀물이 해변에 들어차 있고, 하늘엔 무수히 많은 별들이 떠 있었다. 부산에는 광안대교의 불빛 때문에 수평선을 볼 수 있는데 달빛마저 없는 와이키키에서는 어디가 하늘이고 바다인지 분간이 되지 않았다. 그의 숙소로 돌아가는 길은 꽤 먼데도 별로 걱정이 되지 않았다. 이렇게 공기 좋은 곳을 걷다보면 술도 자연스럽게 깰 테니까.

물고기가 있나 싶어 한참을 수영하는데 무릎 쪽이 따끔했다. 급하게 손으로 잡아떼니 투명한 당면 줄기 같은 것이 떨어져나왔다. 그걸 떼어내는 순간 칼로 베는 느낌이 들었다. 해파리였다. 방파제가 있어서 수심도 얕고 파도가 하나도 없는 쿠히오 비치의 한편에서 눈 깜짝할 사이에 당해버렸다. 한 달에 한 번씩 해파리(보름달이 뜬 뒤 9일에서 10일 후 오아후 섬 남쪽에 출현한다)가 와이키키에 나오는데 경고 표지를 보지 못한 것이 실수였다. 해파리 따위에는 신경 쓰지 않는다는 듯 열심히 놀고 있는 관광객들을 보고 방심한 탓도 있다.

돌양은 내가 엄살을 부리는 거라고 생각했을 것이다. 사실은 웃음이 나오면서도 울고 싶을 정도로 아팠다. 무릎 주변이 마비가 되는 느낌,

주변이 훅, 하고 달아오르는 느낌이 들었다. 옆에 앉아 있던 남자가 말했다.

"가만두면 더 아파요. 빨리 구조요원에게 가보세요."

구조요원은 이런 일은 천 번도 넘게 봤다는 표정으로 스프레이를 뿌려주고 얼음찜질팩을 주며 누르고 있으라 했다. 해파리가 훑고 지나간 곳이 벌겋게 부어오르기 시작했다.

다리를 절뚝거리며 돌아와 짐을 쌌다. 유스호스텔에 프라이빗 룸 가격이면 호텔을 잡는 것이 더 낫겠다는 결론을 냈다. 와이키키는 거대한 호텔 숲이기 때문에 해변을 벗어난 지역의 호텔은 의외로 매우 싸다. 저렴한 호텔을 지역별로 예약해주는 핫와이어Hotwire는 결제를 해야 정확한 호텔 이름을 알려준다. 우리가 예약한 호텔은 우연찮게도 어젯밤 조태준과 맥주를 마시던 스포츠 바가 있는 건물이었다.

점심으로 근처의 테디스 버거Teddy's Burger에서 입에 넣기 부담스러울 정도로 두툼한 햄버거를 먹었다. 체크인 시간이 남아 호텔에 짐을 맡기고 다이아몬드 헤드 쪽을 걷기로 했다. 와이키키 동편의 카피올라니 공원에는 파머스 마켓Farmer's Market과 공연이 한창 열리고 있었다. 중앙 무내에서 우쿨렐레 밴드가 〈Somewhere over the rainbow〉를 부르고 있었다.

하와이 원주민 뮤지션 IZ의 〈Somewhere over the rainbow〉는 그

가 우쿨렐레로 리메이크를 하면서(What a wonderful world로 접속곡이 이어진다) 하와이를 대표하는 곡이 되었다. 라디오나 TV를 틀면 하루에 두세 번씩은 꼭 이 노래를 들을 수 있다.

한가로이 공원에서 우쿨렐레 공연을 보고 있으니 해파리에 쏘인 아픔도 집을 구하지 못하는 불안도 사그라지는 기분이 들었다. 호텔로 돌아와 테라스에 빨래를 널고 조용하고 커다란 침대에 누워 오랜만에 낮잠을 잤다.

┃ 오아후 섬의 해파리 달력

오아후 섬의 해파리는 음력 보름에서 10일 전후로 나타나는데 그 어떤 곳에서도 이렇게 날짜를 맞춰서 나오지는 않는단다. 생명에 지장은 없지만 흉터도 남기고 꽤 고통스럽다. 해파리에게 물린다면 구조요원에게 응급처치를 받고 되도록 해파리 경고 표지판이 있는지 주의해서 미리 예방하자. www.to-hawaii.com/jellyfishcalendar.html에서는 해파리 출현 달력을 제공한다.

이곳저곳 연락하는 곳마다 방이 없거나 조건이 맞지 않는다는 소리를 듣고, 심지어는 집을 보러가는 중에도 퇴짜를 맞았다. 와이키키 주변을 거닐면서 아파트에 붙어 있는 빈방 있다는 안내문에 무턱대고 전화도 해봤지만 죄다 약속이라도 한 듯이 우리가 원하는 방은 없다고 말했다. 넓은 호텔도 좋지만 두 달을 호텔에서 지내는 것은 무리다. 무엇보다 우리는 더이상 밥을 사 먹고 싶지 않았다.

크레이그 리스트(Craigslist_ 미국의 온라인 벼룩시장)에 집 광고가 그렇게 많이 올라오는데 왜 우리가 원하는 집은 없을까? 궁리를 해보다가 우리가 원하는 집의 조건을 바꿔보기로 했다. 방 하나짜리 혹은 스튜디오를 통째로 임대하거나 남의 집에 방 하나를 빌리는 것이 아니라

방 두 개짜리 집을 통째로 빌리는 거다. 차라리 남는 방 하나를 우리 같은 사람에게 빌려주는 게 어떨까? 우리가 이렇게 방을 구하기 힘드니 수요는 충분할 것이다. 돈도 절약할 수 있고 더 넓은 집에서 지낼 수도 있고.

조건을 바꾸자 선택의 폭이 넓어졌다. 적당한 위치의 방 두 개짜리 아파트 광고를 찾았다. 해변에서 멀지 않은 와이키키 딱 한가운데다. 아파트를 방문했다. 카이울라니Kaiulani 거리에 있는 6층짜리 콘도로 한 층에 열 세대 정도가 살고 있었다. 우리가 방문한 집은 5층이고, 서핑을 위해 하와이에 머물렀던 젊은 남자가 이틀 뒤에 집으로 돌아간다고 했다. 6개월 동안 그림을 그리는 여동생도 방문하고 캘리포니아의 많은 친구들도 이곳에 머물렀다고 했다. 방 하나는 싱글침대가 두 개 나머지 방에는 더블베드가 있었다. 부엌은 식기와 오븐이 다 갖추어져 있고 거실도 아담했다. 주방에 작은 카운터도 있다. 무엇보다 쿠히오 거리와 인접해 있어서 한 블록 아래에 쉐라톤 와이키키와 모아나 호텔이 있는 바닷가다. 금액은 조금 무리가 있지만, 남는 방을 여행자들에게 빌려주면 감당할 수 있는 액수다. 내일 당장 입주할 수 있다는 것도 큰 장점이고. 스무 평 남짓한 작은 아파트이지만 들어오자마자 내 집 같이 편했다. 이 집으로 결정. 한 가지 걱정되는 것은 집 주인이 캘리포니아에 산다는 것. 주인을 직접 만날 수 없는 임대 거래로 사기를 당한 사례가 많으니 조심하라는 글을 크레이그 리스트에서 심심찮게 읽었다.

갑자기 비가 쏟아져 수영을 하고 있던 사람들이 흠뻑 젖어서 호텔로 돌아왔다. 호텔 로비에는 비를 맞고도 싱글벙글 기분이 좋은 관광객들로 북적거렸다. 보행기를 밀고 지나가던 할아버지는 우리에게 돗자리를 내밀었다. 내일이면 본토로 돌아가기 때문에 더이상 돗자리가 필요없다고 한다. 3달러짜리 돗자리에 불과하지만 고맙게 받았다. 할아버지는 이 호텔에서 두 달을 머물렀다고 한다.

"호텔에 두 달 동안 머무는 건 너무 비싸지 않아요?"

"이때를 위해 저금을 해둬서 괜찮아."

얼마나 저금을 했는지 궁금하다. 할아버지 정도로 나이가 들어 하와이에 오면 무얼 할 수 있을까? 젊은이들처럼 수영도 못하고 서핑도 못할 것이다. 그럼에도 불구하고 적지 않은 돈을 지출하며 하와이에 머문다. 하와이는 파도를 타고 거리를 달리는 팔딱거리는 젊은이들로 넘쳐난다. 그리고 그들을 따뜻한 눈으로 바라보는 노인들도 젊은이만큼 넘쳐난다. 이 묘한 풍경은 따뜻한 균형을 만든다.

서핑보드를 짊어지고 가는 젊은이들, 휠체어를 끌고 가는 노인들이 뒤섞인 와이키키의 거리 한가운데에서 나는 생각한다. 하와이에 온 것은 잘한 일이라고. 행복해질 준비를 단단히 한 사람들을 바라보는 것만으로 기분이 좋아진다. 금세 비가 그치고, 햇살이 비춘다. 그리고 보란 듯이 무지개도 떴다.

자, 이제 두 달치 집세와 보증금을 보내면 계약이 성사된다. 적지 않은 금액을 송금하기 위해 알라 모아나Ala Moana 쇼핑몰 부근의 시티은 행으로 갔다. 국내에서 계설한 시티은행의 계좌에서 송금할 수 있는지 알아봤지만 방법은 오직 하나, 집주인의 은행에 현금으로 입금하는 방 법밖에 없다고 한다. 물론 그 계좌로 입금된 돈은 돌려받을 수 없다. 흐 음, 알로하 마인드가 필요한 시점이다.

집으로 오는 버스에서 신혼여행중인 한국인 부부를 만났다. 쇼핑 몰에서 선물을 샀는지 쇼핑백이 잔뜩 들려 있었다. 패키지로 신혼여행 을 왔는데 식사도 일정도 영 맘에 안 든단다.

"하루종일 해변에서 빈둥거리거나 자동차를 렌트해서 돌아다녀 봐요."

와이키키를 제외하면 하와이에서의 운전은 제주도보다 쉽다. 나 같은 사람도 운전을 할 수 있을 정도다. 패키지 여행이기 때문에 일정을 뺄 수 없나고 한다. 내일은 단체로 오하우 섬 일주를 하고, 모레는 마우 이 섬에 간다고. 표정이 영 밝아지지 않는다.

"밤에 구경할 만한 명소는 어디가 좋을까요?"

와이키키 자체가 밤에 돌아다니기 가장 좋은 곳이다. 호텔 부근을 산책하며 사람들을 구경하거나 상점들을 둘러보거나 거리의 예술가들을 보는 것도 좋고, 무엇보다 해변을 걷는 게 가장 좋다고 대답해줬는데 실망한 눈치다. 무엇이 이 젊은 부부의 즐거움을 앗아간 걸까?

임대 규약에 따라 남에게 방을 빌려줄 수 없는 집이 있다. 우리는 그 사실을 모르고 빈방을 빌려주었는데 콘도의 안전을 위해 친구 방문 이외의 타인에게 방을 빌려주는 것은 안 된다는 것을 여행이 끝나고서야 알게 되었다.

방세를 낼 현금을 인출하기 위해 어쩔 수 없이 현금지급기에서 이십 달러짜리를 한 움큼씩을 계속 뽑아야 했다. 이건 뭐 카드 인출 사기범들도 아니고, 현금지급기 앞에서 두 남녀가 돈다발을 뽑고 있는 모습이 이상하게 보였을 것이다. 그렇게 뽑은 현금을 들고 와이키키에 있는, 집주인의 거래 은행으로 찾아가 입금했다. 입금 직전까지도 혹시나 이게 사기가 아닐까 의심스러웠지만 우리에겐 선택의 여지가 없었다. 집주인은 캘리포니아에 있으니 돈을 떼먹고 모른 척해도 내가 할 수 있는 일이란 아무것도 없다. 믿고 기다릴 수밖에. 호텔에서 체크아웃을 하고 새 집의 청소가 끝날 때까지, 와이키키 해변에서 수영을 했다. 짐 가방을 하나씩 끌고 배낭도 하나씩 짊어진 채로 해변에 자리를 잡았다. 만약 우리가 사기를 당한다면 이대로 홈리스가 될 것이다. 가방에 햇반과 라면과 김,

고추장도 있으니 며칠은 견딜 수 있겠지.

다행히 청소가 끝났다는 연락이 와서, 집으로 들어갔다. 집주인 대신 아파트를 청소하고 관리하는 할머니가 우리를 맞아주었다. 이전 세입자가 워낙 집을 험하게 써서 청소를 하는데 힘들었다고 시간이 더 있다면 좀더 완벽하게 치울 수 있었을 거라며 아쉬워했다. 몇 가지 문제 – 부엌 싱크대에 물이 잘 안 내려가고, 큰방에 불이 안 들어오며, 커튼은 뜯어져 있으며, 프라이팬이 못 쓸 정도로 탔다 – 가 있지만 홈리스가 되는 것보다 훨씬 나았다. 할머니는 빠른 시간 안에 나머지 것들을 해결해주겠다는 약속을 하고 집을 떠났다. 이로써 유스호스텔에서 삼 일, 호텔에서의 이틀간의 방랑을 정리하고 호텔과 유스호스텔 사이에 있는 아파트에 입주하게 되었다.

집도 구했으니 돌양이 연주할 우쿨렐레를 사기 위해 푸아푸아 Puapua(와이키키 비치에 있는 우쿨렐레 가게)로 향했다. 태준도 함께 가서 우쿨렐레를 골라주었다. 이왕이면 하와이산을 사주고 싶은데 가격이 비싸서 머뭇거리자 직원이 빈티지 우쿨렐레를 권했다. 망고나무로 만든 이 우쿨렐레는 1970년에 만들어진 것이다. 새것보다는 중고를 더 선호하는 돌양은 당장에 이 우쿨렐레를 맘에 들어 했다. 가격도 새것보다 싸고 돌양도 맘에 들어 하고 태준이 소리도 괜찮다고 하니 더없이 좋았다. 태준 덕에 멋진 하드케이스까지 덤으로 얻었다. 이 우쿨렐레는 내가 돌양에게 선물하는 것이다. 재작년에 인터넷에서 인도네시아산 우쿨렐레를 샀더니 민중가요와 흘러간 노래를 불러대곤 했다. 어차피 내가 매일 들어야 하는 소리라면 진짜 하와이산을 사주겠다고 약속한 터였다.

돌아오는 길에 장을 잔뜩 보고 집들이 파티를 하기로 했다. 맥주를 마시고(당연히 코나 맥주), 우쿨렐레를 치면서 놀았다. 우쿨렐레 뮤지션인 태준에게 몇 가지 테크닉도 배우고 가게에서 산 비틀즈 악보집을 첫 장부터 펼쳐서 불러보았다. 코드를 틀려도 좋고, 가사를 좀 건너뛰어도 좋았다. 비틀즈의 〈노란 잠수함Yellow Submarine〉이 나오자 우리는 더욱 신이 났다. 우리는 노란 잠수함보다 더 좋은 곳에 살게 되었으니까 노래는 몇 번이고 되풀이해서 불러도 즐거웠다.

옷장에 옷들을 걸어 놓고, 냉장고에 맥주를 넣고, 먹고 싶은 건 언제나 요리해 먹을 수 있는 행복을 그동안 너무 당연하게 생각해왔나보다.

알라 모아나Ala Moana 쇼핑몰

알라 모아나 쇼핑몰은 백화점 세 개와 아케이드 쇼핑몰, 푸드코트가 복합된 거대한 쇼핑몰이다. 아마, 하와이에서 규모가 제일 클 것이다. 광고로는 세상에 가장 큰 아웃도어 쇼핑몰이란다. 이곳으로 오는 일본인 관광객들을 실어나르기 위해 트롤리Trolley가 지나갈 정도로 필수 관광코스다. 주차장은 버스 정류장 역할을 하고 있어서 오아후 섬 전역으로 가는 버스를 이곳에서 갈아탈 수 있다.

행복해질 준비를 단단히 한 사람들을

바라보는 것만으로 기분이 좋아진다.

금세 비가 그치고, 햇살이 비춘다.

　　미국에서 가장 친절한 버스 기사 아저씨를 만났다(한국에서는 광
안리를 통과하는 41번 버스 운전사들 중 한 분이다). 머리가 하얗고 얼
굴엔 주름이 졌지만 KFC 매장의 할아버지처럼 푸근하게 생겼다. 모든
승객에게 인사를 하는 것은 기본이고 각 정류장마다 그곳이 어떤 곳인
지 설명을 해준다.

　　가령 다운타운의 버스 환승장에선 '아, 이번 정류장에서는 몇 번,
몇 번을 환승할 수 있습니다…… 아, 오늘은 상태가 안 좋아 이것밖에 기
억을 못하겠네요. 아니, 농담이었습니다. 하하하하.' 이런 식이다. 호탕
하게 자주 웃었고 지나치게 친절해서 연기를 하는 것인지 의심스러울
정도였다. 언제나 친절하기는 힘들 것이다. 이곳이 하와이라고 해도 매

일 반복되는 일은 지루하기 마련이니까. 그런데 그런 지루함을 즐거움으로 변화시키는 놀라운 사람들이 가끔씩 있다. 나는 그런 분들에게 상을 주고 싶다. 당신에게 베스트 친절 버스 운전 기사 상을 드리겠습니다.

"손님은 어디로 가십니까?"

앞자리에서 두리번거리는 나를 보며 기사 아저씨가 묻는다.

"베스트 바이Best Buy에 가는데요."

온갖 가전제품을 창고형 매장에 쏟아부은 남자 어른들의 쇼핑 천국.

"오! 무슨 신제품이 나왔나요?"

"아이패드에 딱 맞는 키보드와 케이스를 결합한 제품이 있어요."

"흐음…… 원하는 게 딱 정해져 있으니 좋군요. 그렇지 않으면 불필요한 것도 사게 되잖아요."

"그곳에서 삼십 분 이상 있으면 안 된대요."

나는 돌양을 가리킨다.

버스 기사는 호탕하게 웃으면서 돈을 세는 시늉을 했다.

"다음 정류장에서 내리셔서 오른쪽으로 돌아 주욱 가시면 됩니다. 돌아올 때에는 맞은편에서 타면 된답니다. 그때 뵙도록 하죠. 하하하하."

치이익, 하고 타이어의 압력이 빠지고 차체가 살짝 내려간 뒤에 문을 열어도 된다는 초록색 불이 켜졌다. 하와이의 버스는 자동문이 아니다. 힘껏 문을 열자 훅하고 더운 바람이 불어왔다. 시내와 떨어진 도로는 황량했다.

인터넷에서 재고를 확인하고 왔음에도 베스트 바이에는 내가 원한 키보드가 없었다. 둘러봐도 점원이 보이지 않는다. 가게는 지나치게 넓다. 한참을 기다리다 다른 곳을 향해 바삐 걸어가는 점원을 쫓아가 멈추게 했다. 인터넷에 재고가 있다고 해도 매장에 없는 경우가 많다는 대답을 들었다. 그의 얼굴은 이런 말을 하는 듯했다. 지겨운 고객들…… 그의 일상은 매일 반복되고 남아 있는 친절 따위는 없어 보였다.

미국에선 거대한 가게일수록 서비스가 엉망이다. 고객 스스로 원하는 물건을 찾아야 한다. 한 번 더 물어볼까 망설이다가 그냥 인터넷으로 주문을 해야겠다고 생각한다. 팁 문화가 있는 식당이나 호텔에선 언제나 과한 환대를 받는다. 그러나 팁을 주지 않아도 되는 이런 곳에선 자기 할 일도 찾아 하지 못하는 바보 취급을 받기 마련이다.

집으로 돌아가기 위해 오랫동안 버스를 기다려야 했다. 이곳으로 오는 버스는 한 시간에 한 대씩 오는 버스다. 버스 시간표를 제대로 챙기지 않아 정확히 언제쯤 올지 알 수가 없었다. 해는 지고 헤드라이트를 켠 자동차만이 먼지를 내며 휙휙 지나쳤다. 이러다가 이곳에서 미아가 되는 건 아닐까? 주위를 살펴보니 부둣가에다 공업지역이다. 택시도 찾아볼 수 없다. 알로하 타워가 멀리 보이니까 시내까지 걸어가도 될 법하지만 그 사이 버스가 올 수도 있기 때문에 기다릴 수밖에 없다. 여기는 하와이지만 미국의 본토 같다. 자동차가 없으면 어디든 가기 불편한 넓디넓은 땅.

미국에서 차가 필요 없는 도시는 뉴욕과 호놀룰루 정도다. 이곳에서도 먼 곳으로 출퇴근을 하거나 아기가 있다면 차가 있어야 하겠지만 와이키키 안에 둥지를 틀고 두 달을 지낸다면 굳이 차가 필요 없다. 노인들이 안심하고 와이키키에 오는 이유도 차가 필요 없기 때문일 것이다. 관광객의 80퍼센트를 차지하는 일본인 관광객들은 일반 버스를 타지 않고 트롤리 버스를 타고 다닌다. 알라 모아나 쇼핑몰, 와이키키의 몇 곳, 하나우마 만 등 관광지에만 정차한다. 우리는 한 달에 60달러짜리 버스 정액권을 끊었다.

한국에서도 나는 차가 없다. 직업은 소설가이고 작업실은 바로 옆집. 신호등을 건너면 바닷가라 차를 타고 갈 곳이 없다. 일 년에 한두 번 운전을 할 때는 여행을 할 때뿐이다. 빅 아일랜드의 협곡을 돌 때, 캘리포니아의 사막을 횡단할 때, 마우이 섬의 화산을 오를 때……. 그럴 때에도 운전을 한다고 풍경을 놓치지는 않는지 걱정을 한다. 아무리 멋진 길이라도, 근사한 차라도 운전의 즐거움은 한 시간이면 충분하다. 누군가 나를 대신해서 운전해주는 게 좋다.

버스에서는 창밖을 말없이 바라보거나, 책을 읽거나, 음악을 들을 수 있다. 특히 낯선 여행지의 버스 안에서는 현지인들을 자세히 관찰할 수 있어서 좋다. 누군가를 쳐다보다가 눈길이 마주치면 창밖을 보는 척하면 되니까.

심심하면 옆자리에 앉은 사람과 인사를 나눌 수도 있다. 하와이에서는 이런 일이 쉽게 일어난다. 즐거워서 죽겠다는 표정의 사람을 툭, 하고 건드리면 이야기가 술술 흘러나온다. 전화번호를 나눈 사람도 있고, 친구가 된 사람도 있다. 한국인 신혼여행객 중에는 저녁에 만나 술도 마신 사람들도 있다.

늦게 오는 버스는 언제나 포기할 때쯤에 온다. 저멀리서 와이키키 행이라는 전광판을 깜빡거리며 21번 버스가 달려온다. 그걸 보자마자 운전 기사가 누구라는 것을 금방 알 수 있었다. 우리에게 천천히 다가오는 버스에선 환하게 웃으며 손을 흔들고 있는 KFC 할아버지를 닮은 베스트 오브 베스트 버스 드라이버가 보였다.

문이 열리자 그가 말했다.

"오래 기다리셨습니다."

찡, 하고 가슴이 울렸다.

버스 요금은 2012년 2.5달러로 약간 비싼 편이지만 환승권을
주니까 총 두 번을 탈 수 있다. 7일 패스와 한 달짜리 패스를
이용하면 더욱 편리하다. 와이키키와 공항을 지나가는 버스가
아니라면 대부분 퇴근 시간 이후에는 운행되지 않는다.

오늘은 와이키키가 아닌 먼 곳으로 가보기로 했다. 여행책자에 오아후 섬에서 두번째로 멋있는 해변이라고 자랑하는 카일루아Kailua로 향했다. 예전에 몇 번 섬을 돌다 근처의 라니카이Lanikai 해변에 들른 적이 있지만 카일루아 해변을 찾았던 적은 없었다.

버스를 타고 와이키키와 호놀룰루 다운타운을 벗어나니 주변 경치가 금세 무성한 우림으로 변했다. 3번 고속도로는 오아후 섬 중앙에 남북으로 병풍처럼 걸쳐진 산을 가로지른다. 고속도로를 타고 30분 정도를 달리면 윈드워드 코스트(오하우 섬의 중심 코올라우 산맥의 동쪽)의 해변에 도착한다. 풍광 좋은 카일루아 해변 쪽엔 각자의 개성을 가진 집들이 바다를 향해 늘어서 있다.

버스 정류장 맞은편 중고 기념품 매장의 아주머니가 손을 흔든다. 버스에서 내리는 관광객이라곤 우리뿐이다. 가게엔 장신구, 모자, 용도를 알 수 없는 물건까지 정신없이 쌓여 있다. 정말 이런 걸 사가는 사람도 있을까 싶은 물건들이 먼지를 뽀얗게 뒤집어쓰고 있다. 아주머니는 4대째 하와이에 살고 있는 일본인이고. 대학생인 아들은 지금 일본에서 유학중이란다.

"나는 말이야…… 외국에 나가면 절대로 미국 사람이라고 말하지 않아. 대신, 하와이 사람이라고 말하지. 미국 사람은 싫어해도 하와이 사람을 싫어하는 사람은 없거든."

아주머니를 찬찬히 살펴본다. 목이 파인 원피스에 긴 머리, 넉넉한 몸집이 하와이 사람이라고 해도 믿어줄 것 같다. 돌양 역시 이곳의 원주민들과 닮았다. 돌양의 말에 따르면 이곳의 원주민인 폴리네시아인이 기원전 동남아에서 넘어왔고 아마도 돌양의 선조 역시 동남아 어딘가에서 넘어왔을 거라고 한다. 중고 물건을 좋아하는 돌양은 물건들의 먼지를 털어내며 구경중이고, 나는 아주머니와 수다를 떤다. 아니 아주머니의 수다를 듣는다.

"피부가 타는 게 싫어서 해변에 나가진 않아. 나는 라스베이거스가 좋아. 갬블링Gambling을 무척 좋아하거든. 그곳엔 밤새도록 불빛이 꺼지지 않잖아."

전 세계의 사람들은 하와이에 휴가를 오는데, 이곳 사람들은 라스
베이거스로 휴가를 가는 것이 유행인 것 같았다. 그곳은 정말로 나쁜 아
메리카가 어떤 곳인지 단적으로 보여준다고요! 신혼여행을 그곳으로
갔었다고 말하려다 그만두었다. 하와이가 파라다이스라고 해도 이곳의
사람들에게는 탈출구는 필요할 테니까.

아주머니는 계속 나에게 블랙잭과 다른 포커게임 방법을 가르쳐
주었다. 슬롯머신보다는 머리 쓰는 게임을 해야 승률이 높아진단다. 손
님이 없어서 나를 붙잡고 포커라도 하고 싶은 것 같았다. 돌양이 고른 일
달러짜리 귀고리를 하나 사고, 겨우 그곳을 빠져나왔다.

화장실을 찾다가 길가에 있는 작은 도서관을 발견했다. 도서관 입
구 쪽에 마련된 매장에서는 기증된 책을 팔고 있었다. 카운터에는 자원
봉사자 할머니 두 분이 앉아 계셨다. 우리를 뺀 손님들은 죄다 친구인 것
같았다. 하와이의 할머니들은 민소매 원피스에 샌들을 신는다. 화장도
하지 않고, 뽀글뽀글 파마도 하지 않는다. 그대로 드러난 쭈글쭈글한 피
부가 어딘지 건강하게 보인다. 지역 커뮤니티를 위해서 열심히 일하는
모습도 보기 좋다.

모서리를 돌자 구세군 중고 매장이 나왔다. 이때까지 본 중고 매

장 중 가장 큰 규모였는데 하와이안 셔츠 코너까지 따로 마련되어 있었다. 알로하셔츠, 샌들, 가방을 사서 해변 패션을 완성했다.

돌양과 나는 한때 구제 옷만 입고 다닌 적도 있었다. 예전에 살던 동네에 큰 구제 가게가 있어서 외국에서 넘어온 특이한 옷들을 3~5천 원에 사 입을 수 있었다. 비싼 옷을 살 만한 돈도 없었고. 그중에 돌양은 태국이나 인도에서 온 옷들을 나는 하와이에서 온 알로하셔츠를 좋아해서 많이 사 입었다. 이번 여행에는 그때 산 알로하셔츠를 입고 왔고, 이제 하와이에서 알로하셔츠를 사서 한국에 돌아간다. 오래된 잡동사니와 기증받은 책, 구제 옷들과 낡은 가구들, 거기 숨어 있는 이야기를 알 수 있다면 좋겠다. 태평양을 세 번이나 건너는 나의 알로하셔츠도 정말로 기구한 인생을 살고 있는 것이 아닌가?

ooo

카일루아 비치는 길고 긴 해변이었다. 주택들이 해변을 병풍처럼 둘러싸고 있어서 입구를 찾기 위해 한참이나 헤매야 했다. 다행히 GPS를 들고 갔기 때문에 길을 잃을 염려는 없었다. 이곳에서 좀더 남쪽으로 가면 굉장히 비싸고 아름다운 집들이 줄줄이 이어져 있는 라니카이 비치가 나온다. 해변에서 바라본 바다 한가운데 평평한 섬이 하나 있는데

(이름도 플랫 아일랜드Flat Island) 카약을 타고 그것을 향해 가는 사람들이 많았다. 서핑을 하기에는 파도가 낮고 아이들이 물놀이를 하거나 카약을 타기에 적당한 해변이다. 어제 구입한 스노클링 핀을 달고 물속을 살펴보았지만 옥빛 바다에서 짐작할 수 있듯이 산호와 물고기를 찾아볼 수 없었다. 거북이 한 마리와 이리저리 수영을 하다가 해변에 누웠다. 적당한 높이의 파도가 끊임없이 몰려와 아이들이 꺄르르르, 거리며 파도를 탔다. 그 소리가 규칙적으로 들리자 졸음이 와서 잠깐 잠이 들었다.

돌아가는 길에 초등학생 정도로 보이는 아이들이 맨발로 연습을 하고 있는 모습을 보았다. 잔디밭 위에 간이 골대를 여러 개 두고 코치의 기합에 따라 이리저리 몸을 움직이는 것이 제법 선수 티가 났다. 문득 학교가 끝나도 학원으로 달려가야 하는 조카 세미가 생각났다. 초등학교 6학년인 세미는 학원을 몇 개나 다니고 있을까? 이런 곳에서 학교생활을 한다면 근본적으로 뭔가 다른 사람으로 크지 않을까? 오늘의 날씨와 바다상태가 중요하고 도서관에서 본 물고기, 꽃과 나무의 실물을 확인하고 잔디밭에서 축구를 하고 다이빙과 스노클링이 일상이 되는 그런 환경 말이다. 아, 생각해보니 그런 환경은 세미보다 소설가 삼촌에게 더 절실한 거 같다. 좋은 소설을 쓰기 위해서 나쁜 환경이 필요하다고 했던 말이 틀렸음을 증명하기 위해서라도.

저녁에는 태준의 귀국 환송회를 동글이(원래 이름은 동걸이지만 동그랗게 생겨서 맘대로 동글이라 부르기로 했다. 우쿨렐레에 관심이 많은 현지 유학생이다) 집에서 했다. 하와이를 떠나는 건 아쉽지만 얼른 돌아가서 작업도 하고 새 앨범도 내고 싶단다. 하와이에서 두 달 동안 충전한 에너지를 쏟아붓고 싶어 안달하는 표정이 좋아 보였다.

차량용 GPS 중 휴대할 수 있는 가벼운 것도 있다. 당시에는 3G 데이터 서비스가 되지 않았기 때문에 스마트폰의 지도를 쓸 수 없었다. 요즘에는 한국에서 쓰던 스마트폰을 심카드Sim card만 바꿔 끼우면 하와이에서도 쉽게 쓸 수 있다.

하와이에도 비가 온다. 그것도 아주 자주. 인터넷으로 호놀룰루 날씨 정보를 보면 언제나 비가 옴, 으로 표시되어 있다. 하지만 와이키키는 오전에 잠깐 비가 내리고 언제 그랬냐는 듯 쨍하고 해가 나게 마련이다. 그런데 지난밤부터 아침까지 번개가 치고 바람이 불어 오랜만에 집에서 빈둥거렸다.

비가 그치지는 않았지만 오후에는 모아나 호텔 로비에 들렀다. 와이키키 해변과 칼라카우아 거리는 거의 호텔들이 점령을 하고 있는 편인데 그중에도 역사가 가장 오래된 모아나 호텔을 좋아한다. 커다란 바난 나무 사이로 바다가 보이는 테라스에 누구나 앉을 수 있는 푹신한 의자도 좋다. 그곳에 앉아 비를 피하는 사람들, 검은 먹구름 속에서도 옥빛으로 빛나는 바다, 서핑을 하는 사람들을 보았다. 이 호텔은 일본인들의 결혼식장으로도 많이 쓰이는데 오늘같이 비오는 날에도 결혼식이 있나 보다. 다행히 신랑 신부는 우울한 얼굴은 아니었다. 정신없어서 뭐가 어떻게 돌아가는지 모를 것이다.

문득 우리 결혼식이 떠올랐다. 집 앞 광안리 해변 모래사장에서 전통혼례를 치렀는데(이전에도 이후에도 이런 결혼식은 없었다), 결혼식이 끝나자마자 억수같이 비가 쏟아졌다. 나는 결혼식 내내 몰려오는 비구름을 바라보며 비가 오지 않을까 걱정을 하고 있었기 때문에 사진을 보면 굉장히 불우한 신랑처럼 보인다. 마치 앞으로의 결혼생활을 미리 걱정하는 것처럼.

ㅇㅇㅇ

비가 그치고 차이나타운으로 향했다. 미국의 대도시에는 차이나타운이 반드시 있게 마련인데, 대부분 다운타운 주변의 쇠락한 지역에 있다. 값싼 야채와 식료품을 구할 수 있고 맛있는 식당도 몰려 있다. 이십세기 초반, 미국에 노동력을 제공하던 그들이 정착하면서 오래된 건물을 남기고, 농산물 시장과 중국 음식점을 남겼다. 차이나타운 거리를 걷다보면 그 도시의 역사를 자연스레 알게 된다.

늦은 오후라서 대부분의 식당과 시장은 문을 닫았다. 관광지인 와이키키는 밤늦게까지 영업을 하지만 현지인들이 모여 사는 지역은 그렇지 않다. 하와이에는 점심때만 여는 음식점도 많고 저녁시간에 열더라도 중간에는 쉬는 음식점이 많다. 어쩔 수 없이 외국인 관광객들을 상대하는 중국 음식점에서 저녁을 먹었다. 쿵파오 치킨(닭, 캐슈넛과 야채를 넣어 매콤하게 볶은 것), 해물볶음 국수, 스프링롤. 다행히 음식은 맛있었다.

중국집에 비치된 외국인을 위한 정보지에서, 이 부근이 젊은이들의 메카로 부상하고 있다는 것을 알게 되었다. 문을 닫은 가게에 갤러리, 클럽, 바와 커피숍이 생겨나고 있는 것이다.

저녁을 먹고 밖으로 나가니 클럽에서 흘러나오는 음악소리가 어둑해진 거리를 가득 채웠다. 클럽이 영업을 시작하고 갤러리의 쇼윈도에 불이 들어왔다. 알록달록 색을 칠한 타코와 아이스크림 트럭은 어느새 길목에 주차되어 있었다. 멋지게 차려입은 젊은이들이 거리를 활보하고 있었다. 브루클린의 윌리엄즈 버그나 마이애미의 와인우드 지역처럼 이곳이 젊은이들의 새로운 문화, 예술의 중심이 되어가고 있는 것 같았다. 해변 문화와 하와이 전통 문화, 중국 문화 그리고 젊은 문화가 뒤섞여서 어디에서도 볼 수 없는 독특한 모습으로 변해갈 것이다.

젊은이 세 명이 바이올린과 첼로, 베이스 아코디언을 연주하고, 브라스 마칭 밴드가 연주를 하자 사람들이 춤을 추기 시작했다. 디자인 티셔츠를 파는 가게엔 DJ가 틀어주는 음악이 시끄러워서 점원의 말이 잘 들리지 않았다. 요가 클럽에서는 전시의 오프닝이 열리고 클럽에는 줄이 길게 늘어서 있어 들어가기 힘들었다. 오하우의 젊은이들이 금요일 밤을 즐기기 위해 차이나타운에 모여들었다. 언젠가 한번은 하와이의 차이나타운에서 살아보고 싶다는 생각이 문득 들었다.

호놀룰루의 차이나타운은 19세기부디 중국에서 유입된 노동자(주로 사탕수수 재배와 설탕공장에서 일했다)들이 집단으로 거주하면서 형성되었다. 1900년에 흑사병의 출현으로 몇 채의 집을 태우다가 거의 모든 건물을 태워버린 대화재가 일어났다. 그래서 현재 볼 수 있는 건물은 1900년 이후에 지어진 것들이다. 제2차 세계대전 때에는 홍등가였고, 1973년에는 역사 보호 지역으로 지정되었다. 대형 쇼핑몰과 콘도를 지으려는 시도가 있었지만 번번이 실패했다.

오늘은 어디를 갈까 고민하다가 마카푸우Makapu'u 정상의 등대가 생각났다. 오아후 동남부, 와이키키에서 넉넉잡아 한 시간 정도 버스로 갈 수 있는 곳이다. 절벽 끝자락에 등대가 하나 있는데 그곳으로 가는 산책길을 늘, 시간이 없다는 이유로 바로 옆 주차장까지만 갔었다. 사실은 오래 걷는 걸 싫어한다. 하지만 이제는 싫어하는 것까지 해봐야 할 만큼 시간이 많다.

22번 버스를 타고 씨 라이프 파크Sea Life Park에 도착했다. 길을 건너면 파도가 무섭게 내리꽂는 마카푸우 비치가 나온다. 이곳에서 동네 아이들이 바디보드를 타면서 논다. 위험한 파도가 넘실대는 이곳에 노인은 한 명도 없다. 전망대까지 올라가니 아래 비치와 카우포 비치Kaupo Beach, 와이마날로 비치Waimanalo Beach가 주욱 이어진 윈드워드 지역이 보

였다. 바다 앞에는 오래전, 증기 폭발로 만들어졌다는 토끼 섬Rabbit Island
도 보였다. 몇몇 사람들이 망원경으로 바다를 주시하고 있었다. 고래를
볼 수 있다는 안내판이 있었는데 아직 고래를 본 사람은 없는 것 같았다.

밴에서 내린 한국 신혼여행객들이 나타나 사진을 찍고 다시 우르
르 몰려갔다. 느긋하게 고래를 기다릴 시간도, 등대까지 걸어갈 시간도
없어 보였다. 등대까지 갔다 오려면 최소한 왕복 두 시간이 걸릴 것이다.
딱히 표지판이나 관광안내소도 없고, 입장료도 없다. 이런 곳은 신혼 여
행객이나 중국인 단체 관광객도 찾지 않는다. 관광책자에 소개되어 있
지도 않다.

"그냥 돌아갈까?"

돌양은 들은 척도 하지 않는다. 나는 힘든 것을 싫어한다. 무거운
배낭도 싫고, 한 시간 이상 걷는 것도 싫다. 돌양은 나와 반대다. 자전거
로 제주도를 돌고 강릉에서 부산까지 걷고 한라산도 모자라서 백두산까
지 다녀왔다.

내려오는 커플에게 물으니 전날 비가 와서 등대까지 갈 수 없지만
가는 길에 많은 고래를 볼 수 있다고 했다. 정말 고래를 볼 수 있다고? 사
실이었다. 한 시간 정도 정상까지 쉬엄쉬엄 가는 길에 고래가 꼬리를 첨
벙 치거나, 얼굴을 불쑥 올렸다가 가라앉는 모습을 여러 번 보았다. 지나
가는 배를 고래로 착각하는 헤프닝이 몇 번 있었지만, 고래가 나타나면

누군가가 고래다! 하고 고함을 지르기 때문에 소리가 나는 방향을 바라보기만 하면 됐다. 있는 힘껏 고함을 지르고 싶어서 나는 눈을 크게 뜨고 바다를 보며 걸었다.

12월에서 5월 사이, 알래스카에서 하와이까지 새끼를 낳고 기르기 위해 두 달 동안 헤엄쳐 오는 혹등고래Humpback Whale. 무게는 40여 톤, 길이는 15미터. 수컷이 암컷에게 '나 좀 봐줘'라고 쇼를 하는 것인데 마치 우리에게 인사를 하는 것이라고 착각을 하면서 구경을 했다.

정상을 빼놓고는 아스팔트로 다져진 평평한 구간이 대부분이었다. 바람이 많이 부는 지역에서 자라는 납작한 풀과 나무들도 볼 수 있었고 기괴한 모양의 선인장도 많았다. 얼굴 크기만한 선인장엔 그곳에 다녀간 사람들이 이름을 새겨 놓았다. 선인장과 고래에게 부끄러운 이름들이다.

샌들을 신고 걷는 사람, 개와 함께 걷는 사람, 유모차를 끌고 가는 사람, 개를 유모차에 싣고 달려가는 사람들도 보였다. 평상복을 입고 정상에 오르는 모습이 보기 좋았다. 여기가 한국이었다면 사람들은 죄다 아웃도어 옷을 입고 등산화를 신었을 것이다. 한국을 벗어나면 보이는 것들이 있다. 예를 들면 이런 것이다. 한국 신혼여행객의 신부는 명품백을, 신랑은 무거운 DSLR 카메라를 들고 다니고 일본 젊은 관광객은 여자들끼리 삼삼오오 비슷한 스타일의 꽃무늬 원피스와 레이스 가디건을 입고 넓은 챙모자를 쓰고 다닌다. 아무래도 하와이에 오기 전 '하와이에서 알맞은 패션'이라는 걸 숙지하고 오는 듯 하다. 중국 관광객은…… 샌들을 신어도 양말을 신는다.

고래를 실컷 봤으니 정상까지 갈 필요가 없지 않을까 하며 돌양을 설득했으나 돌양에게 이끌려 결국 정상에 도착하고 말았다. 정상에 올라서니 탁 트인 바다와 북쪽의 해변, 남쪽의 해변, 서쪽의 산까지 한눈에 볼 수 있었다. 저멀리에는 몰로카이 섬과 마우이 섬의 일부도 보였다. 하와이의 다섯 섬은 그리 멀리 떨어져 있지 않았던 것이다. 270도로 바다가 보이니 고래도 사방에서 출몰했다. 바람이 세차게 불었지만 그정도는 참아줄 수 있을 정도로 굉장한 풍경이었다.

○○○

돌아오는 길에 오클라호마에서 왔다는 커플의 차를 얻어 탔다. 관광객의 차를 얻어 타는 건 상대적으로 쉽다. 같은 처지여서 그렇기도 하지만 우선은 차문을 열기 전에 말을 거는 것이 핵심이다. 아이가 둘 있는데 본토에 두고 두번째 허니문을 즐기러 왔단다. 열흘간 휴가를 보내고 공항으로 가기 전에 마카푸우 등대를 산책하러 왔다고 한다. 등대에서

10분 기리에 있는 하와이 카이Hawaii Kai 코코 마리나 쇼핑센터에 내려달라고 했다. 하와이 카이Hawaii Kai는 인공 수로가 파인 해양 스포츠 타운이다. 안쪽으로 들어가면 꽤 많은 사람들이 멋진 집을 지어놓고 산다. 캘리포니아의 교외지역이라고 해도 이상하지 않을 정도로 스페인식의 집들이 나란히 서 있다. 그곳에는 내가 사랑하는 코나 맥주 레스토랑이 있다.

코나 맥주는 하와이에서 만드는 몇 안 되는 제조 맥주다. 본사는 빅 아일랜드의 코나에 있지만, 몇 년 전, 바로 이곳에 분점을 열었다. 하와이의 어느 술집에서도 코나 맥주, 특히 가장 대중적인 롱보드 라거를 마실 수 있다. 하지만 이곳에 오면 다른 곳에서 마실 수 없는 코나 맥주만의 특별 맥주를 맛볼 수 있다.

코나산 커피는 수입하면서 코나 맥주는 왜 수입하지 않는지 항상 아쉬웠다. 코나 맥주를 너무 좋아하던 어느 부호가 중국과 일본에 손해를 무릅쓰고 코나 맥주를 소량 배포하고 있다는 말을 들었을 때는 속이 쓰려왔다.

석양이 하늘과 수로를 붉게 물들이는 모습을 배경으로 맥주를 마셨다. 한 잔, 두 잔. 각각 다른 맛으로. 두 잔이면 적당하다. 더이상 마셔봐야 맥주의 맛을 알 수 없게 취할 뿐이다.

와이키키로 가는 버스를 기다리다 마지막 버스가 떠났다는 걸 알게 되었다. 겨우 일곱시지만 외딴 지역을 통과하는 버스는 퇴근 시간 이후에 뚝, 하고 끊겨버린다. 함께 버스를 기다리던 다른 커플이 십 분쯤 걸어가면 마을을 통과하는 길에 23번 정류소가 있다고 거기까지 걸어보지 않겠냐고 해서 그들을 따라 걷기로 했다. 생각보다 정류장이 멀었다. 고속도로변이라 히치하이킹을 하기에도 위험했다. 해는 지고 차들은 쌩쌩 지나가고…… 와이키키에선 흔하던 택시조차 보이지 않았다.

마침내 정류장에 다다랐을 때엔 클럽 복장을 한 금발 여자가 버스를 기다리고 있었다. 아 참, 오늘은 토요일이구나. 그녀는 즐거운 시간을 보내기 위해 와이키키로 가야 하는 것이다.

"다섯 명이니까 버스가 정 오지 않으면 택시를 타고 택시비를 나눠 내자."

그녀의 말을 들으니 마음이 놓였다. 십 분이 지나고 택시를 타야 하나 고민할 즈음 23번 버스가 도착했다. 우리 모두는 환호성을 지르며 버스에 올라탔다.

버스엔 이미 파티가 벌어지고 있었다. 앞자리의 뚱뚱한 하와이안 청년이 우쿨렐레 케이스로 리듬을 맞추고 빼빼 마른 흑인 청년이 우쿨렐레로 반주를 하면서 노래를 불렀다.

'I don't want to drive this bus(난 이 버스를 운전하고 싶지 않아).'

한창 놀고 싶을 나이에 하와이 버스 기사가 되어 매일 같은 구간을 왕복해야 하는 젊은 버스 기사의 비애를 탁월하게 승화시킨, 즉석에서 만들어진 노래였다. 삼십대 중반으로 보이는 흑인 기사가 코러스를 넣으며 장단을 맞추고 뚱뚱한 하와이안 청년은 프리스타일 랩까지 붙여가며 흥을 돋웠다. 마치 우리 민요 〈쾌지나 칭칭나네〉의 하와이 버전 같았다.

I don't want to catch this bus, I don't want to stop this bus…… 새로운 손님을 태우는 정류소마다 기사는 문을 열어주며 외쳤다.

　　"파티 버스에 승차하신 걸 환영합니다! 이 버스는 오늘의 마지막 버스입니다."

　　승객들은 박수를 치고 웃으며 한밤의 파티 버스를 타고 와이키키로 향했다. 하와이에선 우쿨렐레를 들고 노래를 부르는 사람을 쉽게 만날 수 있다. 공원에서 해변에서 심지어 버스에서조차 우쿨렐레를 반주 삼아 노래를 부른다. 핏속에 음악이 녹아 있는 것 같다.

　　와이키키의 호텔의 불빛들이 보이기 시작하자 마음이 따뜻해졌다. 복잡하고 시끄러워서 와이키키가 싫을 때도 있지만, 언제든 꺼지지 않으리라는 믿음을 주는 불빛은 반가운 것이다. 토요일 밤, 버스에서의 파티는 끝나가고 있지만 와이키키의 밤은 이제부터 시작이다.

Day 11
얕은 바다에서도
빠져 죽을 수 있다

아침부터 손님이 왔다. 하와이 커뮤니티에 올려놓은 글을 보고 찾아온 것이다. 로스앤젤레스에 사는 교포인데 이곳의 여행사에 취직 자리를 알아보기 위해 왔단다. 그는 방을 둘러보더니 방값을 깎아달라고 했다. 우리는 민박의 원칙을 정해놓았다. 첫번째는 최소 삼 일, 최대 일주일만 머물게 할 것. 낯선 사람과 너무 오래 있는 것도 힘들다. 두번째는 가격 흥정에 응하지 말 것. 최저 가격으로 내놓고 그 이하로는 아예 흥정을 하지 않기로 했기 때문에 정중히 거절했다. 어색한 침묵이 흐른 뒤 그 남자가 돌아갔다.

어제는 등산도 하고, 고래도 보고, 파티 버스도 탔으니 오늘은 조용히 집 앞의 해변에서 지내기로 했다. 점심을 먹고 와이키키로 나오자 지난 며칠간의 궂은 날씨를 보상이라도 받겠다는 듯, 해변이 관광객으로 넘쳐났다. 조용히 보내고 싶었던 우리는 지도를 폈다. 스노클링 가능 지역과 그 지역마다 서식하는 해양생물을 일러스트로 그려놓은 지도다. 와이키키 해변의 왼쪽 끝인 퀸스 비치와 오른쪽 끝인 매직 아일랜드에 스노클링 표시가 되어 있다. '매우 안전함. 둑 사이에 물고기들이 있음.'

매직 아일랜드로 걸어가는 도중에 비가 왔다. 하와이에 내리는 비는 금방 그치기 때문에 우산을 쓰고 다니는 사람이 별로 없다. 호텔 로비에서 비를 피하는 관광객들도 있지만 우리처럼 그저 내리는 비를 맞으며 걸어가는 관광객들도 많았다. 알라 모아나 쇼핑몰 앞 신호등을 건너 해변 쪽으로 내려가니 매직 아일랜드가 나왔다.

이름처럼 마술적인 풍경은 없었고, 둑으로 파도를 막아 반달 모양의 해수 풀을 만들어놓은 곳이었다. 비가 그쳤다. 스노클링 장비를 쓰고 바다로 들어갔다. 중간쯤 되는 곳이 3미터 정도로 깊어 살짝 무서웠지만 둑과 가까워질수록 다시 수심이 얕아졌다. 바위를 쌓아 만든 둑 주변에 물고기들이 떼를 지어 다니고 있었다. 돌양에게 보여주고 싶은데 돌양은 발이 땅에 닿지 않는 바다엔 들어오지 않는다. 둑으로 걸어오면 수심이 깊은 바다를 통과하지 않더라도 물고기를 볼 수 있을 것이다. 돌양을 부르며 손을 흔들어 보았지만 함께 손을 흔들어줄 뿐 둑으로 걸어오란 내 텔레파시는 전달되지 않았다.

기껏해야 50미터 거리인데 수심이 깊어지자 긴장이 됐다. 빨리 지나가려고 물갈퀴를 너무 열심히 저었더니 금방 힘이 빠졌다. 호흡기에도 물이 들어와 짠 바닷물이 입으로 들어왔다. 장비에 물이 차자 물갈퀴를 젓던 발에 힘을 주게 되고 그러자 발에 쥐가 나버렸다. 이런, 몸이 가라앉기 시작했다. 'Help!'라고 외쳤지만 아무도 도와주러 오지 않았다. 이런 곳에서 죽으면 굉장히 부끄러운데. 깊은 바다에서 거센 파도에 휩쓸려간 것도 아니고 깊이 3미터의 해수 풀에서 죽다니…… 어쩔 수 없이 스노클링 장비를 벗어던지고 몸을 뒤집어 힘을 뺐다. 천천히 팔을 저으니 얼마 지나지 않아 발이 땅에 닿았다. 현지인처럼 보이는 남자가 다가와 괜찮냐고 물었다. 쥐가 난 다리는 괜찮아졌지만 스노클링 장비를 놓쳤다고 말하니 여자 친구와 함께 잠수를 해서 찾아주었다. 그들이 잠수를 하고 스노클링 장비를 찾는 동안 정신을 차린 내가 해변을 둘러보니 돌양은 내가 죽을 뻔한 줄도 모르고 아이폰으로 무지개를 찍고 있었다.

　　예전에 한번 오아후 섬 서부 해안에서 비슷한 경험을 한 적이 있다. 고무튜브를 타고 2~3미터밖에 가지 않았는데 발이 땅에 닿지 않자 공포가 밀려왔다. 아무리 발을 저어도 나가지 않는 것이다. 그때에도 튜브를 던져버리고 헤엄을 쳤다. 힘이 빠져 다리에 쥐가 났고 구조요원이 서핑보드를 타고 와 나를 구해주었다. 수영을 잘하는 사람이라 해도 바다에서는 조심해야 한다. 충분히 준비운동을 하고 도움을 청할 사람이 있는지 주위를 확인해야 한다. 하와이 신문에 빠지지 않고 나는 기사가 바다에서 실종된 사람들에 관한 것이다. 관광객과 현지인을 가리지 않고 바다는 사람들을 순식간에 삼킨다.

둑에 올라서자 다이아몬드 헤드를 배경으로 호텔들이 즐비한 와이키키가 한눈에 보였다. 수영복 카탈로그라도 찍는지 멋진 몸매의 아가씨가 포즈를 취하고 있었다. 둑 주변에 사람들이 조금씩 늘어났다. 돌양과 둑을 걸어 물고기를 한 번 더 보고 해변으로 돌아왔다. 곧 해가 지기 시작했다. 노을을 볼 수 있을까? 아쉽게도 태양이 구름에 가렸다. 완벽한 석양은 다음으로 미루고 알라 모아나 쇼핑몰 푸드코트(전 세계 음식이 모여 있다)에서 베트남 쌀국수와 새우 스프링롤을 먹었다. 언제나 버스를 타고 다녔는데 오늘은 천천히 걸어갔다. 생각보다 멀지 않은 거리였다. 와이키키의 끝에서 끝까지 걸어본 셈이다. 어쩐지 와이키키를 다 알아버린 것 같은 기분이 들었다.

와이키키의 길이는 2.5킬로미터밖에 되지 않는다. 폭은 500미터 정도다. 수로와 공원으로 뚜렷하게 구분되어 있어서 외부 세계와 단절된 리조트 타운으로 느껴진다. 가장 중심이 되는 도로는 칼라카우아 거리이고, 이 도로 양쪽 편에 가장 비싼 호텔과 디자이너 매장이 줄지어 있다. 그들의 고객은 미국인이기도 하지만 많은 부분을 일본인 관광객들에게 의지하고 있다. 와이키키만 벗어나면(가령 노스 쇼어North Shore) 신기하게도 일본인 관광객을 찾아볼 수 없다.

Day 12
물고기를
보는 것보다
중요한 것

오늘은 하나우마 만Hanaumma Bay에 갔다. 돌양이 하와이에서 가장 좋아하는 곳인데 무려 12일 만에 가게 되다니. 하나우마 만은 화산 폭발로 칼데라가 되었다가 파도 침식으로 만이 되면서 많은 물고기들의 서식처가 된 곳이다. 와이키키에서 버스로 이십 분, 22번 버스를 타면 된다. 오전부터 날씨가 좋아 정류장엔 사람들이 많았다. 모두 하나우마 만을 가려는 관광객이다. 버스를 기다리는 동안, 투어버스나 택시가 인원수를 채우기 위해 호객행위를 했지만 우리에겐 무제한 정액권이 있다! 하나우마 만에 도착하니 이미 주차장은 만차였다. 주차장이 만차가 되면 한 대의 차가 빠질 때까지 차들은 꼼짝없이 대기하거나 차를 돌려 다른 곳으로 가야한다. 도로에 길게 늘어선 자동차들을 뒤로하고 버스는 하나우마 공원에 우리를 내려주었다. 공원은 푸른 잔디와 아름다운 나무로 조성되어 있는데 그곳을 뛰어다니는 닭들은 누구의 것인지 궁금하다. 공원 꼭대기에서 하나우마 만이 한눈에 보인다. 이곳에선 예외 없이 사진을 찍는다.

하나우마 만으로 들어가려면 7.5달러의 입장료를 내고, 자연보호 비디오를 봐야 한다. 하나우마 만의 역사를 다큐멘터리 형식으로 제작한 비디오인데 마지막엔 산호를 밟고 서면 산호가 아파요, 물고기에게 밥을 주지 마세요, 저는 충분히 배가 불러요 등의 주의사항을 디즈니 만화영화 〈인어공주〉의 주제가 〈언더 더 씨Under The Sea〉에 맞춰서 물고기들이 합창을 하며 끝난다. 극장을 나오면 해변을 왕복하는 트롤리 버스가 대기하고 있다. 버스를 타는 것보다는 천천히 걸으며 경치를 구경하는 것이 좋다.

해변에 도착하자마자 준비해온 도시락을 먹었다. 해변에 내려오면 식당이 없다. 편의점도 없다. 매표소 입구에 노점이 몇 개 있고 식당이 하나 있지만 나초나 핫도그 정도를 파는 곳이라 이곳에 오기 전에 음식을 준비해 오는 것은 필수다. 물놀이는 한 시간만 해도 허기가 밀려온다.

월마트에서 구입한 스노클링 마스크와 물갈퀴를 끼고 바다에 들어갔다. 매번 장비를 빌리다가 나만의 장비가 있으니 자주 입수하게 된다. 하나우마 만은 수심이 1미터도 채 되지 않아서 머리만 물속으로 넣으면 물고기와 산호를 쉽게 볼 수 있다. 정신없이 물고기들을 쫓다가 산호에 부딪히거나 산호를 밟는 경우가 많은데, 산호는 살아 있는 동물이다. 만지는 것은 물론 절대 밟고 일어서선 안 된다.

우리는 사람들이 별로 가지 않는 서쪽 해안으로 가보았다. 화려한 물고기도 많았지만 은빛으로 반짝이며 떼를 지어 몰려다니는 물고기들도 볼 수 있었다. 눈에 확 띄는 색깔과 화려한 무늬의 물고기들을 보면 누군가가 정교하게 만든 공예품 같다. 어딘지 인공적인 느낌이 난다. 관광객들에게 보여주려고 일부러 풀어 놓은 게 아닐까? 혹시 이곳은 거대한 놀이공원이 아닐까? 돌양은 열대의 나무와 물고기야말로 하와이의 가장 좋은 점이란다. 새로운 나무나 물고기들을 만나기 위해서라면 무슨 짓이라도 할 태세다. 하지만 물 위에 둥둥 떠서 물고기를 바라보고 있는 내가 가끔 우습게 느껴진다. 도대체 내가 뭘 하고 있는 거지? 그까짓 물고기가 무슨 대수라고. 하지만 그런 생각은 새로운 물고기가 지나가면 금세 사라지고 만다. 내가 한두 시간 물고기를 쫓다 해변에 나와 쉬는 시간에도 돌양은 물 밖으로 나오지 않는다. 어린 아이 같다. 아이들은 재미있는 것에 체력을 모두 쏟는다. 멈추질 못한다. 대부분의 관광객들이 하나우마 만을 좋아하는 이유도 바로 그것 때문이다. 오랜만에 아이처럼 정신없이 물고기를 구경하며 놀고 싶은 것이다.

하나우마 만에서 나와 우리가 향한 곳 - 정확하게는 내가 가고 싶었던 곳 - 은 코코 마리나 센터의 코나 맥주 레스토랑. 엊그제 맥주를 한 잔만 먹고 나온 것이 억울해서 이번에는 충분히 시간적 여유를 두고 왔다. 아직도 해가 쨍쨍한 대낮이라 해피아워(Happy Hour_ 주로 여섯 시 이전의 할인 시간)라 맥주도 반값, 안주도 반값이다. 하와이안 피자에 코나 맥주를 마시니 천국이 따로 없었다. 파인트 사이즈의 맥주 두 잔이 기분 좋게 취할 수 있는 주량인데 욕심을 내서 와일루아 맥주(Wailua Wheat_ 열대과일이 들어가 있다)까지 마셔버렸다. 꿀꺽, 꿀꺽, 캬아아아아.

돌양은 체질상 술을 전혀 못 마신다. 어떻게 하면 다양하고 신선한 맥주를 마시는 즐거움을 설명할 수 있을까? 나는 종종 맥주를 마시지 않으면 인생에서 20퍼센트의 즐거움을 이해하지 못한다고 주장한다. 물론 돌양은 절대 인정하지 않는다.

야외 테이블에는 어디서 왔는지 새와 오리가 이리저리 돌아다녔다. 이런 맥줏집이 광안리에 있다면 정말, 매일 갔을 텐데⋯⋯ 그런데 맥주와 안주만 가져와서는 똑같은 맛이 나지 않을 것 같다. 이 풍경과 공기, 바다를 몽땅 옮겨와야 한다. 그건 불가능하겠지? 가능하다고 해도 알콜중독자가 되는 건 싫으니까, 현지에서 마시는 것으로 만족해야겠다.

집으로 오는 길에 버스에서 재미난 커플을 만났다. 여자는 10년 전 유럽 어느 나라에서 공부를 하기 위해 하와이에 왔다고 한다. 옆자리에 앉아 있는 남편을 만난 것은 하와이의 빅 아일랜드. 남자는 여행을 왔다가 유학중인 여자를 만났고 여자와 연애를 했고, 유학이 끝나고 본국으로 돌아간 여자를 따라 남자도 여자의 나라에 가서 결혼식을 올렸다. 결혼한 그들은 다시 하와이로 유학을 왔다. 남자는 하와이에서 살고 싶어서 해양생물학으로 전공을 바꿨다. 국적과 거리를 극복한 사랑에 관한 이야기, 멋지다 멋져. 결혼을 위해서 너무 많은 조건을 따지는 세상에 사람 하나만 믿고 훌쩍 남의 나라로 건너간다는 게 쉬운 일은 아닐 것이다. 어쩌면 그들 사이에 하와이가 자리잡고 있었기에 가능했을지도 모른다. 이곳에서 사람들은 자기 나라에서보다 20퍼센트쯤은 더 행복하게 보이니까.

전화번호를 교환하고 언젠가 함께 점심을 먹기로 했다. 버스에서 내리자마자 남자에게 전화가 왔다. 한국 음식의 매운맛을 보여주겠다고 약속했다.

하나우마 만은 엘비스 프레슬리가 〈블루 하와이〉를 찍었던 곳이다. 한 때는 무분별하게 사람들이 드나들어서 바다가 오염되었다가 1996년 부터 입장료를 받고 그 돈으로 공원을 관리하게 되었다. 주차장이 차면 들어갈 수 없고, 매주 화요일은 휴장이다.

Day 13
거꾸로
탈출기

어제 하나우마 만에서 열심히 스노클링을 했더니 등이 따가울 정도로 피부가 타버렸다. 현지인처럼 까매져버렸다. 그냥 쉴까, 하다가 차이나타운에서 장을 보기로 했다. 지난번에 갔을 때엔, 오후 두시가 되면 대부분의 상점들이 문을 닫는다는 걸 몰랐다.

일찌감치 차이나타운에서 장을 보고 하와이 주립 도서관에 들러 번역 칼럼도 마치고, 운이 좋으면 알로하 타워에 들러 고든 비어 바에서 한 잔(당연하다) 하는 것이 오늘의 계획이었다. 그러나 집 앞에서 일반 버스 대신 고속버스 E를 탄 것이 잘못이었다. 다운타운을 지나가기에, 여기서 내려야지 하면서 끈을 잡아당겼으나(미국 버스는 벨이 아니라 끈을 잡아당긴다). 아뿔싸, 버스는 이미 다운타운을 통과해서 고속도로에 접어들었다. 그리고 무서운 속도로 질주했다. 한 구간 지나면 정차하리라…… 라고 생각했지만 10분이고 20분이고 멈추지 않고 고속도로를 마구 달리는 것이다. 이래서 고속Express 버스구나. 시내에서는 거의 모든 정류장에 서기에 풋, 이게 무슨 고속이야, 라고 생각했는데, 죄송합니다.

버스는 호놀룰루 국제공항도 통과하고 펄 하버도 통과해 서쪽으로, 서쪽으로 달렸다. 종착역이 에바 비치. 뭐, 비치라고 하니까 한번 가볼까? 하는 기분으로 일정을 급히 바꾸었다. 다행히 휴대용 GPS가 있어서 길을 잃어버릴 염려는 없었다. 몇 년 전 미국에서 렌터카를 장기 대여하는 김에 샀는데 실은 버스를 타고 다니거나 걸어다닐 때 더 자주 사용한다.

버스는 와이파후Waipahu라는 베트남 사람들이 많이 사는 변두리 지역에 멈췄다. 와이키키로 돌아가려면 이곳에서 반대 방향의 버스를 타고 가면 되지만, 우리는 계속 가보기로 했다. 창밖 풍경은 오래되고 칙칙한 집들과 상가들이 주욱 이어졌다. 버스는 다시 남쪽으로 한참을 달렸다. 이제 버스는 똑같은 모양의 집들이 늘어서 있는 주택 단지로 접어들었다. 그리고 종착역인 에바에 멈췄다.

황량하다. 큰 초등학교 하나에 줄줄이 지어진 집들이 있을 뿐, 바다는 보이지도 않고, 관광객도 해변도 보이지 않았다. GPS에서 가리키는 해변 쪽으로 가보니 바다가 나오기는 했다. 백사장의 폭은 좁고 저기 멀리 보이는 리조트까지 이어지는 기다란 해변이다. 물에 뛰어드는 사람은 아무도 없었다. 지도상으로 에바 비치는 1킬로미터 정도를 더 걸어가야 했다. 햇볕은 쨍쨍, 구름 하나 없다. 입구까지 가는 버스를 환승하기로 했다. 버스 정류장에는 중학생 정도로 보이는 커플이 서로를 꼭 껴안고 있었다. 아무리 노려봐도 떨어질 생각이 없는 것 같다.

우리는 목이 굉장히 말랐다. 중학생 커플에게 에바 비치에 슈퍼마켓이나 음식점이 있냐고 물어보니 없다고 한다. 이런, 안 봐도 뻔한 풍경이다. 리조트가 몇 개 세워져 있고 인공으로 조성된 비치가 있겠지. 풍경 좋은 곳에서 식사나 하고 돌아가려고 했는데, 그냥 가는 게 나을 것 같았다.

오던 길을 돌아 근처에 있는 도서관으로 갔다. 열람실로 들어서자 사람들이 죄다 우리를 쳐다보는 것 같았다. 그러고 보니 하와이안 셔츠를 입고 모자를 써서 나는 길 잃은 관광객입니다, 하는 표시가 너무 났다. 나는 길 잃을 때마다 도서관에 옵니다, 라는 눈빛을 보내주었다. 사서에게 부탁해 물 한 잔을 얻어 마시고 아이패드를 켰는데 와이파이가 안 잡힌다. 알고 보니 오아후 섬에서 와이파이가 되는 도서관은 두 곳밖에 없다고 한다.

도서관에서 버스 노선표를 얻었다(공립 도서관에서 버스 노선도를 무료로 나누어주었다). 수위에게 자동판매기가 어디 있냐고 물어보니 고개를 흔들며 "맥도날드에 가면 있지 않을까?"라고 대답한다. 아저씨, 그건 걸어서 20분쯤 더 가야 한다고요.

이런 곳이 진짜 하와이 사람들이 살고 있는 곳이다. 당연하다고 생각되는 것들 - 인터넷, 자동판매기, 택시 - 이 없고, 생존에 필요한 것들만 있다. 도서관에는 수업을 마치고 시간을 보내는 학생들이 전부인 곳. 그들은 바다가 지겹고, 햇살은 따가워서 밖으로 나가기도 싫겠지.

터벅터벅 우리가 내렸던 버스 정류장으로 갔다. 맞은편에 주유소와 편의점이 보였다. 반갑다 반가워. 헐레벌떡 뛰어가 커다란 컵에 얼음을 담고 콜라를 담았다. 돌양은 바나나와 아이스커피를 샀다. 계산을 하려고 신용카드를 내밀자 주인장이 한국말로 아는 척을 했다. 신용카드에 새겨진 Korean Airline 로고를 보고 알아본 것 같다.

"어머, 이런 시골에 왜 오셨어요?"

한국말이 튀어나와 내가 더 놀랐다. 슈퍼 아주머니는 이런 곳에 온 우리가 신기한 듯 이리저리 살펴보았다. 관광객이 이 편의점에 들르는 일은 아주 드문 일인 것이다. 실수지요. 버스를 잘못 탔답니다, 라고 말하려다 대충 얼버무렸다. 열심히 살고 계시는 교민에게 바보같이 보일 것 같아서.

버스를 기다리는데 멋쟁이 청년 하나가 우쿨렐레를 치면서 걸어왔다. 태양을 등지고 서부의 사나이처럼 딩가딩가 줄을 날리면서. 초콜릿색 피부와 단단한 근육, 준수한 얼굴의 청년이야말로 이곳의 가장 훌륭한 관광자원 같았다. 버스 안에서 그의 연주를 듣다가 양해를 구하고 사진을 찍었는데, 이런 일을 여러 번 겪었는지 포즈가 자연스러웠다.

퇴근 시간이라 그런지 집으로 돌아가는 길은 많이 막혔다. 하루를 버스에서 보낸 셈이다. 와이키키에 도착하니 문명 생활이 얼마나 반갑던지. 호텔과 가게와 술집과 ABC 스토어가 지겹다고 생각했는데, 문명의 혜택처럼 느껴졌다. 와이키키 정류소에 내리자 해변 무대에 사람들이 모여 있었다. 관광객을 위한 무료 공연이 있는 것이다. KFC에서 치킨을 사와 무대 앞 잔디밭에 자리를 잡았다. 등뒤에서는 와이키키에서 본 최고의 석양이 지고, 무대에서는 훌라춤과 음악 공연이 이어졌다. 문득, 생활만이 존재하는 곳에서 관광지 한가운데로 돌아왔다는 것에 안도했다. 대부분의 사람들은 그런 곳에서 살면서 관광지로 탈출을 꿈꾼다. 물론 오늘 우리는 그 반대로 탈출을 시도했지만.

오늘은 벼르던 차이나타운으로 장을 보러갔다. 매번 늦게 가서 장을 보지 못했다. 어제는 버스를 잘못 타서 에바 비치라는 엉뚱한 곳에서 내렸다.

차이나타운에는 대형 재래시장이 서너 개 있는데, 호놀룰루의 어느 곳보다 싸고 신선한 야채와 생선, 육류를 구입할 수 있다. 우리는 기념품 가게, 중국 식당, 야채 가게 등을 지나다 구제 옷가게에서 발길이 멈췄다. 주인아주머니는 처음엔 영어로 말을 걸다가 우리가 한국 사람이라는 것을 알아차리고 바로 한국말로 질문을 하기 시작했다. 우리는 어디서 왔냐고 물어보는 사람들에게 한국이라고 대답하지 않고 '부산'이라고 대답한다.

"어머! 나도 작년에 한국 갔을 때, 부산의 언니 집에 들렀는데. 광안대교 불빛이 너무 예쁘더라. 그죠?"

25년째 이곳에서 구제장사를 하고 있다는 아주머니는, 이곳에 사는 한국 사람들은 돈이 생기면 한국으로 여행을 간다고 했다. 여행에서 돌아오면 지난번에 한국에 갔던 이야기를 하면서 다음 한국 여행 때까지 시간을 보낸단다. 하와이에서 스무 해를 넘게 살다보면 이곳이 지긋지긋해질 수도 있을 것이다. 하와이에 산다고 부러워해도, 산다는 것은 어디를 가나 비슷할 테니까. 우리에게 익숙한 광안대교의 불빛이 누군가에겐 아름다운 추억인 것처럼 말이다.

그곳에서 하와이안 셔츠를 또 구입했다. 단돈 5달러. 화려한 꽃무늬의 천을 뒤집어 빈티지 풍으로 연출한 것이다. 이러다간 짐 가방에 하와이안 셔츠만 가득 찰지도 모른다. 돌양의 말에 따르면 내가 산 빈티지 셔츠의 원래 가격은 200달러가 넘을 거라고 한다. 정말일까?

차이나타운의 과일과 야채 가격은 알라 모아나 쇼핑몰의 슈퍼나 돈키호테 같은 대형마트와 비교해도 반값도 되지 않았다. 파인애플, 망고, 사과, 자두, 오이, 청경채 등을 잔뜩 사고 생선가게에서 농어를 샀다. 손질된 농어 옆에는 물속에서 본 것 같은 커다란 파란색과 빨간색의 물고기들이 나란히 누워 있었다. 저런 색의 물고기를 먹어도 되는지 의심스러웠다. 그걸 통째로 서너 마리 사 가는 아주머니에게 그 물고기들을 어떻게 요리하는지 묻고 싶다. 그 고기로 어떤 요리를 하시죠? 열대고기 찜? 튀김? 탕?

시장을 돌다보니 슬슬 배가 고파졌다. 인터넷에서 차이나타운 맛집 몇 군데를 검색해놓았다. 남퐁Nam Fong이라는 식육점은 차슈 맛이 최고라고 했다. 돼지고기와 오리고기, 닭고기가 입구에 걸려 있고 주문을 받으면 커다란 칼을 든 아저씨가 나무 도마 위에 고기를 놓고 쿵쿵, 칼질을 해댔다. 중국식 차슈는 달달해서 내 입맛에 맞지 않지만 조금 사보았다.

다음 맛집은 참치덮밥으로 유명한 곳이다. 하와이 인근에서 잡히는 참치를 아히라고 하는데, 한국에서 먹는 참치보다 가격도 저렴하고 맛도 좋다. 하루에 한 끼는 꼭 아히를 먹고 있다. 생으로도 먹고 초장에 무쳐서도 먹고 간장에 무쳐서도 먹는다. 이 아히를 나물, 밥과 함께 비벼 먹는다는 설명을 보고 짐작은 했지만, 역시 주인이 한국 사람이다. 고추장과 참기름은 없지만 현미밥 위에 생참치를 갈아 매콤한 양념을 버무리고 시금치와 해초 등을 곁들여 먹는 식이다. 나는 매운 양념 대신 간장을 넣고 쓱싹 비벼 먹었다. 옆자리에 앉아 있던 여자는 이걸 먹기 위해 와이키키에서 걸어왔단다. 자신이 사는 노스캐롤라이나에서는 사람들이 생선을 먹지 않아 초밥집도 없다며 아히가 얼마나 멋진(맛있는) 생선인지에 대해 열변을 토했다.

원래 계획은 점심을 먹고 도서관에 들르는 것이다. 하지만 양손에 물건이 많아(특히 삐죽하게 튀어나온 파인애플) 다음에 가기로 하고 버스 정류장으로 갔다. 그런데 정류장 바로 옆에 대형 의류 할인매장이 보였다. 로스(ROSS, Dress for Less)라는 이 매장은 백화점이나 브랜드 숍에서 나온 이월 상품을 싸게 판다. 내가 서점이나 도서관에서 몇 시간이고 시간을 보낼 수 있는 것처럼 돌양은 구제집이나 의류매장에서 몇 시간이고 시간을 보낼 수 있다. 장 본 것들을 카터에 싣고 돌양이 쇼핑을 하는 한 시간 동안 나는 도서관엘 다녀오기로 했다.

도서관은 주정부 건물과 이올라니 궁전Iolani Palace 바로 옆에 있다. 정사각형의 건물에 중간이 뻥 뚫려 있고 형태로 아래쪽에는 정원이 있다. 정원 쪽으로 난 발코니에 책상이 있어서 야외 독서가 가능하다. 도서관의 벽에는 실제 크기의 물고기 그림과 설명, 자연보호에 관한 포스터 등으로 꾸며져 있고 특별 프로그램으로 하와이에 거주하는 민족 - 한국, 일본, 필리핀 등 - 에 대한 책과 브로슈어를 전시하고 있었다.

우리나라처럼 공무원 시험을 준비하거나 토익 토플을 공부하는 사람은 없다. 그렇다고 진지하게 뭔가를 연구하러 온 사람도 없다. 다들 느긋하게 읽을거리를 찾으러 온 사람들이다. 나도 그들 중의 하나고. 근처에 산다면 아마도 매일매일 이 도서관에 와서 글을 쓰고 책을 보고 참치덮밥으로 점심을 먹을 것이다. 물론 비가 오거나 날씨가 흐려야지 도서관에 올 기분이 나겠지만 말이다. 하와이에서는 해변이 공식적인 도서실이다. 선글라스를 쓰고 모래를 털어내면서 책을 읽어야 한다.

집으로 돌아와 저녁을 해먹었다. 물론 동네 산책도 빠지지 않았다. 도서관에 들른 탓인지 하루가 알차게 느껴졌다.

Day 15
쓰나미와
함께 찾아온
첫 손님

○ 제목: For Budget Traveler

　　 (돈을 절약하는 여행자를 위한 방)

○ 내용: 와이키키 한가운데,

　　　　 바다 앞의 아담한 콘도에 방 하나가 남습니다.

　　　　 부엌과 거실, 화장실은 함께 씁니다.

　　　　 아래 사진을 참고하시고 연락주세요!

인터넷 곳곳에 광고를 올렸지만 아직 아파트에 머문 손님은 없다. 물론 이상한 사람과 집을 나누기 싫어서 몇 차례 통화 후 거절한 적은 있었다. 우리가 집을 알아볼 때 지나치게 위치가 좋고 싼 집은 사기일 것이라 단정한 것처럼 우리의 광고도 그런 의심을 받는 게 아닐까? 대책이 필요하다고 생각할 즈음, 드디어 첫 손님이 왔다.

시애틀에서 온 앤디와 헤더는 척 봐도 수더분하고 얌전했다. 빅아일랜드의 아버지를 만나고 돌아오는 길인데 3일 밤을 와이키키에 머물 거란다. 헤더는 말이 별로 없었고, 열 살쯤 많은 앤디는 헤더를 위해 이리저리 애를 쓰는 게 눈에 보일 정도였다. 앤디는 밴드에서 드럼을 맡고 있다고 했다. 둘 다 채식주의자다. 도착하자마자 방문을 열어두고 가방도 활짝 젖힌 채로 밖으로 나가버렸다. 어머니와 점심 약속이 있어서 가야 한다는데 그 집에 머물지 않는 이유가 뭔지 궁금했다. 첫 손님이라 도움 되는 정보를 잔뜩 알려주려고 했는데 와이키키에는 몇 번이나 와봐서 잘 알고 있단다.

오후에는 마카푸우 해변에 갔다. 3미터쯤 되는 파도가 끊임없이 내리 꽂히고, 젊은이들은 물 만난 고기마냥 보드를 타고 있었다. 나는 엄청난 파도에 몇 번 휩쓸리기만 하고 바다엔 들어가지도 못했다. 체력보다는 담력이 필요한 것 같았다. 우락부락한 이 동네 형들이 멋지게 파도를 타는 것을 지켜보다 도시락을 먹고 돌아왔다. 돌아오면서 퀸스 해변에 들렀다. 작은 파도에 흔들리며 물고기를 보다 보니 해가 지기 시작했다. 관광객들이 석양을 보기 위해 해변 전망대로 모여들었다.

저녁에 맥주를 마시러 바에 가서 TV에서 흘러나오는 기이한 광경을 보았다. 거대하게 밀려오는 검은 물결이 집과 나무와 사람을 쓸고 지나가는 장면이었다. 너무 비현실적으로 보여 그냥 자료 화면이겠거니 했다. CNN 생방송이라 해도 믿어지지 않았던 것이다. 때마침 TV가 고장 나서 아무것도 모르고 있었다. 집에 돌아와 인터넷으로 뉴스를 확인해보니 상황이 심각했다. 일본에 강도 8이 넘는 지진이 발생하여 그 쓰나미로 인해 동북 지역에 많은 사상자를 냈다고 한다. 뿐만 아니라 쓰나미가 태평양을 건너 하와이를 덮칠 거란다. 바로 오늘 새벽에.

사이렌 소리와 안내방송이 들리기 시작했다. 새벽 세시쯤 첫번째 해일이 들이닥칠 거라는데 그 규모는 정확히 알 수 없다고 한다. 해안가의 거의 모든 호텔이 대피지역으로 지정되었다. 그런데 왜 대피하는 사람들은 보이지 않는 거지? 호루라기 소리가 요란한 것으로 보아 거리 통제가 시작된 거 같은데 호텔 객실의 불빛은 여전했다. 오히려 안전한 내륙에 사는 주민들이 슈퍼마켓에서 먹을 것을 사 나르고, 기름을 넣기 위해 주유소로 몰려들고 있다는 뉴스만 흘러나왔다. 관광객들은 이 상황을 지나치게 가볍게 여기는 것 같고 주민들은 지나치게 심각하게 여기는 것 같다. 나는 어정쩡하게 그 중간에서 이 사실을 어떻게 받아들여야 할지 혼란스러웠다.

타국에서의 재난은 더 크게 느껴진다. 한국이었다면 친구나 가족에게 전화를 걸어 상황을 파악할 수 있겠지만 이곳에서 할 수 있는 일이란 고작 인터넷 뉴스를 보는 것뿐이다. 몇 년 전 동남아시아에서 쓰나미에 휩쓸려 가는 관광객을 찍은 동영상이 떠올랐다. 웃으며 파도를 피하다가 물속으로 사라진 사람들……

하와이 사람들은 쓰나미 소식에 민감하다. 쓰나미나 화산 폭발로 언제든지 피해를 입을 수 있다고 생각한다. 어쩌면 그렇게 죽을 수 있다는 것을 순순히 받아들이는지도 모른다. 하지만 나는 한국에서 왔다. 쓰나미 때문에 남의 나라에서 죽기는 싫다.

ooo

잠이 오지 않아 거실에서 컴퓨터를 붙잡고 있었다. 앤디도 잠들지 못하고 거실을 서성거렸다. 앤디는 부모님의 집으로 가야 하는지 이대로 여기 있어야 하는지 갈등하는 것 같았다.

"바다 한가운데서는 쓰나미가 별것 아니지만 수심이 얕아지면서 그 힘이 상상할 수 없을 정도로 강해진다는 거 알지?"

동영상을 애써 떠올리려 하지 않아도, 쓰나미에 휩쓸려가는 사람들과 자동차가 눈에 선하다. 각 방의 두 여자는 아무 걱정 없이 쿨쿨 자고 있다.

거리에서 차들이 지나가는 소리가 나야 하는데 아무 소리도 나지 않으니 이상하다. 지독한 정적에는 오히려 잠이 더 오지 않는다. 우리집은 5층이니까 별 문제가 없을 거야…… 라고 애써 생각하며 뒤척이다가 잠이 들었다.

1800년대 이후 하와이에서는 50여 개의 쓰나미가 덮쳤다. 그중 가장 최악은 1946년 빅 아일랜드를 덮친 쓰나미로 170여 명의 사상자를 냈다. 그를 기리는 쓰나미 박물관이 힐로에 있다. 1960년 칠레 대지진이 일어났을 때에도 60여 명의 사상자가 났다. 쓰나미는 (화산 폭발 이외에) 하와이의 거의 유일하고 강력한 자연재해다.

눈을 뜨자 창밖으로 맑은 하늘이 보였다. 사이렌 소리도 없고, 고함을 지르는 사람도 없고, 당연히 아파트에 물이 차 있지도 않았다. 밖으로 나가보니 거리가 약간 한산한 것 빼고는 모든 게 여느 날과 다름 없었다. 와이키키의 바다는 유난히 더 푸르고, 바다에 들어간 사람의 수는 평상시보다 적었다. 먼 바다에 요트들이 많이 떠 있었는데 파도를 피해서 일부러 먼 곳에 정박했던 것 같았다. 새벽에 2미터의 쓰나미가 밀려왔지만 큰 피해는 없었다.

엘리베이터에서 아파트 관리인 아저씨와 마주쳤다. 그는 항상 파나마 모자를 쓰고 웃통을 벗은 채 청소를 한다. 독일 사람처럼 인상이 딱딱하다.

"30년을 이곳에서 살았지만 절대로, 절대로, 와이키키에 쓰나미가 들이닥친 적이 없었어. 앞으로도 없을 거야. 세 개의 산호 방패막이 있는데다 수심도 무척 낮거든. 어휴, 지난밤 아파트 사람들이 몇 번이나 우리집 문을 두드렸는지 몰라."

아저씨가 투덜거릴 수 있는 것은 아무 일도 없었기 때문일 것이다.

○○○

스타벅스에서 커피를 마시며 신문을 읽었다. 세상에 수많은 스타벅스가 있지만, 제일 좋아하는 스타벅스를 고르라면 카피올리니 공원과 퀸스 해변을 마주보고 있는 이곳을 선정하겠다. 창밖으로 푸른 공원과 와이키키 바다와 멋진 몸매의 남녀들을 구경할 수 있다. 점원들은 친절하고, 에어컨도 시원하고 아침에는 클래식도 크게 틀어준다. 무선 인터넷도 공짜. 얼음물도 공짜. 커피 리필도 된다. 하와이에서 발행되는 《호놀룰루 어드버타이저》는 근처 호텔 로비에서 손님을 가장해 슬쩍 가져오면 된다.

인상 좋은 노부부가 주문대에 섰다. 아내는 메뉴판을 살펴보고 있는데 남편이 오늘의 커피를 시킨다.

"왜 나한테 무얼 마실 거냐고 묻지 않는 거죠?"

아내가 남편을 흘겨본다. 남편은 당혹스러워 한다. 아내가 눈짓으로 내 동의를 구하자 나는 슬쩍 웃어준다. 아내는 본토에서 늘 오늘의 커피를 마셨을 것이다. 하지만 이곳에서는 시럽과 우유, 초콜릿이 잔뜩 들어간 시원한 음료를 마시고 싶었겠지. 남편은 예상하지 못했고 부인은 당연하다고 여기며 참았던 남편의 무례함을 문득 깨달았을 것이다.

낯선 여행지에서 스물네 시간 함께 있다 보면 부부들은 서로에 대해 좀더 알게 된다. 모르는 것을 발견하기보다는 아는 것을 확인하는 것뿐이지만 그것 때문에 더욱 절망하게 된다. 사람은 쉽게 바뀌지 않는다. 상대방을 견딜 수 있는가 없는가의 문제다.

구석 자리에는 데스크톱만한 노트북을 들고 와서 하루종일 작업하는 남자가 있다. 홈리스에 가까운 모습이지만 그를 내쫓는 사람은 없다.

커피를 마시는 일본 관광객들의 얼굴이 어둡다. 하와이에 놀러왔는데 본국에 재해가 나면 어떤 느낌일까? 모든 걸 접어두고 집으로 돌아가고 싶지 않을까? 신문에는 해일의 여파로 많은 일본 관광객들이 예약을 취소하거나 귀국해서 경제적으로 타격을 입을 거라는 기사가 나왔다. 와이키키가 술렁거리는 진짜 이유는 그것이다. 어쩌면 해일 때문에 관광객늘이 이곳을 떠날지도 모른다는 두려움.

바로 귀국하지 못한 일본인 관광객들의 인터뷰도 실렸다. 귀국행 비행기 표를 구하지 못했다거나 동경에 살기 때문에 피해를 입은 친척이나 친구가 없다거나 6개월 전부터 준비한 여행이기 때문에 예정대로 여행을 해야 한다는 내용이었다. 대부분의 일본 관광객들이 본국의 피해를 외면한 채 여행하는 것에 대해 심한 죄책감과 스트레스를 받고 있다고 기사는 전했다. 기사를 읽는 내 마음도 그리 편치는 않았다.

오후에는 퀸스 해변에서 스노클링을 했다. 퀸스 해변은 와이키키 해변의 왼쪽 끝, 전망대 바로 옆의 해변이다. 해변 바로 앞은 모래지만 조금만 지나면 산호가 나타나기 때문에 바다에 사람들이 별로 없다. 바디보드를 타는 사람들만 있을 뿐이다. 이 해변에서 20미터쯤 떨어진 지점에서 물속을 들여다본 후로 이곳에서 스노클링을 하는 게 일상이 되었다. 돌양은 어제 곰치를 보았고 나는 수심이 좀 깊은 곳까지 헤엄쳐 거대한 바위 동굴을 찾아냈다.

작년에 바로 이 해변의 호텔에 묵었는데도 이곳에서 물고기를 볼 수 있다는 것을 알지 못했다. 오늘 따라 바다에 파도가 높아 전망대 왼쪽뿐만 아니라 오른쪽에서도 바디보더들이 열심히 파도를 타고 있었다. 보더들을 한참 보고 있던 돌양이 바디보드를 사러 가자고 했다. 하루 빌리는 가격이 20달러니까 차라리 사버리는 게 더 이익이다 싶었다. ABC 마트에도 바디보드를 팔지만 현지인들이 들고 다니는 보드는 아무래도 큰 마트나 전문 매장엘 가야 할 것 같았다.

돈키호테(대형 일본 마트)에서 김치와 쌀, 감장과 생선(마히마히와 매운 참치 버무림)을 사고 월마트에선 바디보드와 오리발 하나를 더 샀다. 보드용 오리발은 스노클링용보다 짧고 전체가 고무로 되어 있다. 한 번에 멀리 가는 것보다 순식간에 큰 힘이 필요해서다. 이제 바디보드를 샀으니 파도가 잔잔한 날엔 스노클링을, 파도가 센 날에는 바디보드를 탈 것이다.

월마트 바로 앞에 새로운 ROSS 매장 발견. 돌양은 ROSS로 나는 알라 모아나 쇼핑몰의 반스 앤 노블 서점으로 향했다. 각자에게 주어진 시간은 한 시간. 돌양의 말에 따르면 ROSS는 매장마다 조금씩 다른 옷을 구비하고 있고 매일 아침마다 새로운 옷들이 들어오기 때문에 적어도 일주일에 한 번 씩은 가줘야 참신한 디자인의 옷을 찾을 수 있다고 한다. 이건 뭐, 내가 서점에 가는 이유와 비슷하다. 매일 새로 들어오는 책이 있으니까 자주 가줘야 한다.

서점에서 마우이 여행 책을 하나 샀다. 이틀 뒤에 다섯 명의 한국 관광객이 집을 통째로 예약하는 바람에 우리는 그들이 머무는 5박 6일 동안 마우이 섬을 여행하기로 한 것이다. 빅 아일랜드는 직넌에 돌양과도 다녀왔고 그 전에도 여러 번 가봤지만, 마우이는 처음이다. 한 번도 가보지 않았던 섬을 탐험한다고 생각하니 가슴이 두근거릴 정도다.

바디보드는 서핑보드보다 짧고 가벼워서 휴대하기가 편한 장점이 있다. 물론 가격도 상대적으로 저렴하다. 서서 균형을 잡는 서핑보다 배우기 쉬워서 적당한 파도만 쳐준다면 초보자도 하루 만에 파도를 탈 수 있다.

와이키키 동쪽 끝, 카피올라니 공원이 시작되는 전망대 부근을 와이키키 월Waikiki Wall이라고 한다. 바다에 선을 그어 놓았진 않았지만 파도가 가까운 곳에서 적당히 치기 때문에 바디서핑을 하는 사람들이 많다. 전망대의 뚝방에서 밀려드는 파도에 맞추어 점프를 하는 사람, 전망대 끝에서 보드와 몸을 던져 파도를 타는 사람도 있다. 대부분의 관광객들은 늦은 오후 이곳에서 석양을 보며 사진을 찍는다. 나도 그들 중의 한 사람이었지만 파도를 탄 후부터는 그들이 찍는 사진의 배경이 되었다.

처음엔 파도가 치는 곳까지 헤엄쳐 가는 것이 힘들었다. 파도는 잔잔하다가도 한꺼번에 두세 개씩 연달아 오기 마련이다. 오리발을 저어도, 보드 위에서 팔을 저어도 앞으로 밀려오는 파도에서는 잘 나아가지 않는다. 이럴 때엔 잠수를 해서 파도 밑을 통과해야 한다.

타는 지점만 잘 파악한다면 큰 힘을 들이지 않고 파도를 탈 수 있다. 파도가 밀려오다가 물거품을 만들며 꺾이는 지점이 바로 그 지점이다. 그 지점 앞에서 파도가 꺾이는 동시에 팔과 다리를 저어 앞으로 나가면 파도의 힘을 받아 앞으로 주우우욱 밀려간다. 가장 스릴 있는 파도타기는 파도의 꼭대기에서 떨어지는 것이다. 이건 파도가 꺾이기 직전에 파도와 비슷한 속도로 나아가야만 가능하다. 파도가 꺾이면서 함께 툭, 툭, 계단을 타고 떨어지듯이 밀려나가는 기분은 정말, 설명하기 힘들 정도로 신난다.

나는 오토바이를 타는 것처럼 부르릉 바다를 달린다. 무릎을 굽혀 다리를 살짝 올리면 파도의 저항도 줄어들고 손을 몇 번 젓는 것만으로 추진력을 얻는다. 파도의 힘은 중간에서 또다시 커져서 10미터, 20미터, 심지어는 모래사장까지 쓸려서 내려올 수 있다. 돌양을 향해 손을 흔든다. 사실은 백사장에 앉아 있는 모든 사람들에게 손을 흔드는 것이다. 이렇게 멋지게 파도를 타는 사람을 본 적이 있냐고. 바다를 지켜보던 관광객 몇 사람이 파도를 타는 나에게 손을 흔들어준다.

나는 파도타기에 성공했다.

○○○

파도를 탈 가장 좋은 시간은 오후 다섯시 정도다. 햇볕이 따갑지 않아서 다음날 등이 후끈거리지도 않는다. 한 시간쯤 뒤면 석양도 볼 수 있다. 서퍼들이 해질 무렵 보드를 부표 삼아 바다에 둥둥 떠 있는 것은, 바다에서 보는 석양이 남다르기 때문이다.

바다에서 바라보면 해안 쪽에는 빽빽하게 호텔이 들어서 있고 뒤쪽에는 산이 보인다. 산에는 항상 구름이 걸려 있다. 그쪽 동네는 걸핏하면 비가 온다. 몸을 돌려 수평선을 바라본다. 검은 물안경을 꼈기 때문에 눈을 찡그리지 않고도 한참 동안 수평선을 볼 수 있다. 오른쪽 편엔 좀더 거친 파도를 타는 사람들이 보인다. 나 같은 초보가 그곳에서 파도를 탔다간 뾰족한 산호더미에 처박힐지도 모른다.

끝까지 잔파도를 타고 해변에 도착하는 사람은 나 같은 초보다. 눈썰매를 타고 신나게 내려오면 다시 언덕 위로 올라가야 하는 것처럼, 파도가 잦아지는 지점에서 보드를 돌려야 체력 소모가 덜하다는 것도 곧 깨닫게 된다.

파도를 타는 스릴 있는 순간은 전체 시간의 10퍼센트, 아니 5퍼센트도 되지 않을 것이다. 30퍼센트는 파도가 생기는 지점으로 헤엄쳐 가기, 나머지 시간은 파도를 기다리는 시간이다. 어쩌면 파도를 잘 타는 것보다, 파도를 잘 기다리는 것이 더 어려운 기술일지도 모른다. 파도는 자신이 보는 것보다 더 높게 보일 수도, 낮게 보일 수도 있다. 기대와 현실의 차이. 지금 파도보다 다음 파도가 더 높을 수 있다. 확률과 가능성의 도박. 매번 술렁거리며 다가오는 파도를 보면서 결정해야 하는 것이다. 인생의 파도와 마찬가지로 기다리는 것이 제일 중요하다.

파도를 기다리면서 물밑으로 잠수한다. 사람들은 이곳에 물고기가 많이 있는지 잘 모르는 것 같다. 스노클링을 하러 하나우마 만에 갈 필요가 없다. 노란 줄무늬 물고기, 보라색 고기, 심지어 곰치도 볼 수 있다. 산호와 바위가 아치형으로 형성된 곳이 있는데 그곳에 물고기들이 자주 모여 있다는 걸 알게 되었다.

함께 떠 있는 사람들과 간단히 인사를 나눈다.

그 사람이 어디에서 파도를 기다리고 있는지만 봐도 초보인지 아닌지 금방 파악할 수 있다. 멀리서 기다리는 게 능사가 아니다. 물결이 점점 낮아지는, 바닥과 상호작용을 일으켜서 최고의 높이가 되는 지점이 있다. 높아 보인다고 무조건 탔다가는 2미터 정도만 밀려가버리고 다시 돌아와야 한다.

잔파도를 서너 번 보내야지 아! 하는 파도가 보이는 것이다. 급히 해안 쪽으로 몸을 돌려 발을 젓는다. 다리에 쥐가 날 정도로 빨리! 두 팔도 함께 젓는다. 밀려오는 파도와 비슷한 속도로 나아가야 한다. 어느새 파도는 오른쪽부터 부서지며 쏴아아아 하는 소리를 낸다. 누군가 내 몸을 번쩍 하고 든다.

"간다!"

한국말로 외쳐도 다들 무슨 뜻인지 알고 있다. 우리 모두 같은 것을 기다리고 있었으니까.

자, 이제 출발이다.

하와이 원주민들은 코아 나무판에 배를 깔고 파도를 타기도 했다. 하지만 지금의 바디보드는 1971년 톰 모레이가 작고 빠른 서핑보드를 개발하다가 스티로폼을 잘라 파도를 타게 되면서 우연히 개발되었다. 서핑보드와는 달리 몸 전체로 파도를 느낄 수 있고, 값이 싸며, 가볍고, 누구나 쉽게 즐길 수 있다는 장점이 있다. ABC 마트에서 50달러 내외면 구입 가능하다.

"4달러를 더 내면 자동차 열쇠를 분실했을 때나, 견인비도 커버해 줘. 단돈 4달러야."

세상의 모든 불행을 보험으로 커버할 수 있다는 듯 자신만만한 렌터카 회사 직원의 말에 잠시 머뭇거렸다. 운전에 서툴기 때문에 항상 보험을 들어놓지만 하와이에서 사고를 낸 적이 한 번도 없다. 하와이의 운전자는 미국의 그 어느 도시보다도 관광객에게 관대하다. 경적을 울리지 않는다. 차선도 잘 양보해준다.

"아냐 됐어. 충분해."

그 정도의 불행이 닥치면 운명으로 받아들이겠지.

오늘은 내가 태어나서 처음으로 관광 가이드가 되는 날이다. 한국에서 오는 단체 관광객들을 공항에서 픽업하고 섬을 한 바퀴 돌기로 했다. 손님 다섯 명에 나와 돌양까지, 일곱 명이 움직여야 하니 미니 밴을 빌렸다. 이렇게 큰 차를 몰아본 적이 없어서. 차체가 얼마나 긴지 느낌이 오지 않았다. 공항 주변을 빙글빙글 돌면서 감각을 익혔다.

첫 손님이었던 앤드류와 헤더는 아침에 일찍 떠났다. 그들은 북쪽 해안에서 하루를 보낼 거라고 했다. 헤더는 끝까지 앤드류의 뒤에 숨어 아무 말을 하지 않았다. 두번째 손님들은 하와이에서 열리는 학회에 일주일 동안 참석하러 왔다. 집을 통째로 빌릴 것이고 그사이 우리는 마우이 섬으로 여행을 갈 것이다.

와이키키 초입에 있는 컨벤션 센터에는 이런저런 행사들로 늘 북적인다. 예전에 라스베이거스에 가기 위해 컴퓨터 관련 학회를 신청한 적이 있다. 논문이 통과되어 일주일 가량을 라스베이거스의 특급호텔에서 지냈다. 계속 공부를 했더라면 하와이의 학회에도 참석했을지도 모른다. 나는 와이키키의 학회에 가기 위해 열심히 논문을 썼을 것이다.

ooo

"하와이의 인구는 얼마인가요?"

뒤에 앉아 있던 손님 한 명이 묻는다. 나는 알로하셔츠를 입고 선글라스를 꼈다. 그동안 피부도 적당히 그을렸으니 관광 가이드처럼 보일 것이다. 최소한 나보다 열 살 정도 많아 보이는 손님들은 연구소에서 일하고 있어서 수치에 관심이 많다. 평균 기온과 강수량은 어떻게 되죠? 언제 미국 땅이 되었어요? 태풍은 자주 부나요? 섬 크기가 어느 정도죠? 제대로 답할 수 있는 게 없다. 실망하는 눈치다.

일단 집으로 가서 짐을 풀고 다시 차에 올라탔다. 그들은 월요일부터 하루종일 학회에 참석해야 하기 때문에 관광할 시간은 오늘밖에 없다고 했다. 다이아몬드 헤드의 멋지고 비싼 집들을 보여준 뒤, 코코 마리나 쇼핑센터에 들러 아히 볼(생참치덮밥)을 먹고 코나 맥주 레스토랑에서 맥주를 한 잔씩 마셨다. 반응을 잔뜩 기대했는데, 아히 볼은 먹을 만하다, 맥주는 약간 쓰지만 색다르다, 의 반응이었다. 내가 가장 좋아하는 것들이 모두에게 최고의 것이 아니라는 것을 인정해야 했다.

마카푸우 전망대에 들러 운좋게 고래를 보고, 라니카이Lanikai 해변에 발을 담가보기도 했다. 일요일이고 날씨도 맑아서 달력에 나와도 좋을 만큼 바다가 옥빛이다. 하지만 일행 중 아무도 물에 첨벙, 하고 들어가는 사람은 없었다. 겨우 바지를 걷어 올려 발을 담그는 정도다.

북쪽으로 계속 운전하다가 중국인 모자처럼 생긴 섬(이름도 차이니즈 햇Chinese Hat Island)이 보이는 해변에서 잠시 쉬기로 했다. 개펄이 넓게 펼쳐져 있었는데 어부들이 문어와 게를 별 장비 없이 잡고 있었다. 운전 따윈 그만하고 어부들과 문어를 잡아보고 싶었다.

카파홀루에서 한국인 아주머니가 운영하는 새우 트럭에서 늦은 점심을 해결했다. 근처에 새우 양식장이 있어서 아무것도 없는 횡한 이곳에 몇 개의 새우 트럭이 영업을 하고 있다. 하와이에 처음 왔을 때 '새우요리'라고 우리나라 말로 적힌 트럭을 보고 멈췄는데 올해도 여전하니 반갑다. 가격은 방문할 때마다 2달러씩 인상. 마늘이 잔뜩 들어간 새우볶음, 매콤한 새우볶음을 밥과 마카로니 샐러드와 함께 담아준다. 같은 재료를 써도 한국식으로 매운맛은 서양식의 매운맛과 미묘하게 다르다. 매운 것은 맛이 아니라 통증이라지만 한국의 매운맛은 깊고 감칠맛이 있다. 손님들은 손에 양념이 묻는 것도 개의치 않고 새우를 까먹는다. 맛있다, 정말 맛있다를 연발하면서.

북쪽 해안의 선셋 해변Sunset Beach의 엄청난 크기의 파도를 보여주었다. 거대한 파도 위를 솜씨 좋게 타는 서퍼들과 파도가 부서지면서 생기는 눈보라 같은 물방울. 겨울의 선셋 해변에서만 볼 수 있는 풍경이다. 와이키키에 비하면 선셋 해변은 시골 같은 분위기시만 서핑을 즐기는 젊은이들로 북적거린다.

"여기서 사진을 찍어요!"

나도 모르게 관광 가이드스러운 말이 튀어나왔다.

남쪽으로 내려오는 길에 파인애플 농장을 지나갔다. 돌양은 파인애플이 땅에 묻힌 뿌리인 줄 알았다며 우리를 웃겼다. 나는 파인애플이 나무에서 열리는 줄 알았다. 파인애플은 알로에 이파리 같은 삐죽삐죽한 잎사귀 한가운데에서 솟아오른다.

사람들은 차 안에서 골프에 대한 이야기를 했다. 터틀 해변의 거대한 골프 코스를 지나갈 때 그 이야기는 최고조에 달했다. 와이키키 뒤편에도 골프장이 있고 마카푸우 해변에도 있다고 알려주었다. 하와이엔 바다를 배경으로 한 골프장이 많다. 아마 골프 때문에 하와이에 오는 관광객의 수도 꽤 될 것이다.

우리나라는 산이 많아 골프장을 짓기엔 부적절한 곳이다. 그럼에도 불구하고 많은 사람들이 왜 그렇게 골프에 열광하는지 그 이유를 알고 싶다. 골프보다는, 그것을 한다는 행위에 상징성이 있는 건 아닐까 의심하는 건 아무래도 골프를 쳐보지 않아서겠지. 골프 천국에 와서도 일 때문에 그냥 돌아가야 하는 손님들이 조금 안쓰러워 보였다.

○○○

집에 돌아와 저녁을 거나하게 먹었다. 스테이크와 샐러드, 통닭 그리고 집에서 준비한 된장국, 밥, 김치를 함께 먹었다. 식탁이 좁아서 신문지를 깔고 바닥에 둘러앉아서 먹으니 단체 엠티를 온 기분이 들었다.

저녁을 먹은 후 단골 스포츠 바에 갔다. 지난번에 태준과 함께 왔던 곳이라 종종 들른다. 일요일이라 모든 음료가 단돈 3달러다. 게다가 나를 알아본 바텐더가 서비스로 몇 잔을 더 주었다. 건너편 슈퍼에서 마카다미아, 육포, 나초를 사와서 안주로 먹었다. 미국 사람들은 술을 마실 때 안주를 먹지 않는다.

"오늘 관광 가이드는 어땠어요?"

고속도로에서의 급정거 빼고는 모두 좋았다고 말했다. 차선 변경을 할 때 뒤차가 제대로 보이지 않아 접촉 사고가 날 뻔했다. 놀란 내가 브레이크를 밟았고 차 안의 모든 사람들은 고함을 질러댔다. 다행히 일정의 마무리에서 일어난 일이라 기분 좋게 가이드를 끝낼 수 있었다. 와이키키에 돌아오니 호놀룰루 페스티벌이 열리고 있었다. 쓰나미 때문에 취소될 뻔했던 페스티벌이다. 퍼레이드의 긴 행렬이 지나가는 것을 지켜보다가 모두 집으로 들어왔다.

이런저런 이야기를 하다가, 우리처럼 사는 게 부럽다는 이야기로 흘러갔다. 기회가 되면 자신들도 가족과 함께 두 달 정도를 하와이에서 보내고 싶다고 했다. 도착한 지 열두 시간밖에 되지 않았는데, 물속에 들어가보지 못했는데 그런 생각을 하다니. 잠시 침묵이 흐르고 맥주를 꿀꺽꿀꺽 마실 때, 알아차렸다. 부럽다고 하지만 사실은 진심으로 부럽지는 않을 것이다. 나도 때로는 남이 특별하게 사는 모습을 보고 부럽다고 말하지만 다시 생각해보면 별로 부럽지 않을 때가 많다. 자신의 삶이 뭔가 부족하더라도, 남들보다 조금 더 낫다고 생각하며 사는 것이 인생이다. 모두들 그렇게 자위하며 하루를 살아간다.

물론 나도 내가 남들보다 약간, 아주 약간 더 잘 살고 있다고 생각하고 있다. 테이블에 앉아 있는 다섯 손님들도 똑같은 생각을 하면서 침묵. 그리고 누군가 그 침묵을 깬다.

"건배."

하와이는 1959년 미국의 마지막 주가 되었다. 하와이의 여름 낮 평균 기온은 31도, 밤은 24도다. 겨울은 2~3도씩 낮다. 태풍은 10년에 한 번 올까 말까다. 인구는 140만 명 정도로 대부분의 인구는 오아후 섬, 호놀룰루 시에 살고 있다. 오아후 섬은 제주도보다 약간 작다. 하와이는 아시아 인구(38.6퍼센트)가 백인 인구(24.7퍼센트)보다 많은 유일한 주다. 필리핀(13.6퍼센트), 일본(12.6퍼센트), 중국(4.1퍼센트), 한국(3.1퍼센트) 순이다. 이런 통계적인 사실은 인터넷을 뒤지거나 여행책자 앞부분에 나와 있다. 하지만 진짜 하와이에 대한 것은 그런 곳에 나와 있지 않다. 수치를 알더라도 하와이에 대해 더 많이 안 것 같은 느낌이 들지 않는 것처럼.

어쩌면 파도를 잘 타는 것보다,

파도를 잘 기다리는 것이

더 어려운 기술일지도 모른다.

복잡하고 시끄러워서 와이키키가 싫을 때도 있지만,

언제든 꺼지지 않으리라는

믿음을 주는 불빛은 반가운 것이다.

3부

와이키키라는 일상을 떠나

Day 19
여행 가이드에
나오지 않는 것들

새벽 다섯시 반에 일어나 짐을 쌌다. 무엇을 챙겼는지 알 수 없을 정도로 정신없이 바빴다. 마우이 섬에서 조난을 당하더라도 살아남을 수 있게 라면과 햇반을 챙겨야 한다고 돌양이 말했다. 마지막으로 배낭에 꾹꾹 쑤셔넣고 집을 나섰다.

○○○

나는 (운전도 서툴지만) 주차를 잘 못한다. 게다가 손님들 때문에 미니 밴을 빌렸다. 전날은 때마침 호놀룰루 페스티벌이 있는 날이라 근처 공공 주차장에 자리가 없었다. 호텔 주차장은 엄청난 주차비를 요구하고, 축제 때문에 길은 꽉 막혀서 도무지 어떻게 해야 할지 갈피를 잡지 못하고 거리를 빙빙 돌았다.

와이키키에는 주차를 할 수 있는 공간이 한정되어 있다. 호텔에 투숙해도 주차비를 따로 내는 곳이 많다. 무료 주차 공간인 알라와이 대로는 평행 주차를 해야 한다. 그곳에 빈 공간을 발견하기란 마이클 잭슨 콘서트에 무작정 가서 공짜표를 기다리는 것과 비슷하다. 하지만 두세 번 왕복 끝에 기적처럼 빈자리가 보였다. 그것도 내 차가 딱 들어갈 가장 뒷자리의 평행 주차 공간.

하지만 일반 주차도 겨우 하는 내 실력으론 자리에 딱 넣어야 하는 평행 주차가 잘 될 턱이 없었다. 낑낑대며 이리저리 주차를 해보려 여러 번 시도했으나 계속 실패. 절망에 빠질 때쯤 산책하던 사람의 도움을 얻어(핸들을 이리로, 저리로 돌리세요) 겨우 주차를 할 수 있었다. 집으로 돌아와 돌양과 손님들에게 주차 따위는 아무 문제가 없었다는 듯 허세를 떨었다. 사실은 팔과 다리가 후들후들 떨리는데 말이다.

렌터카 회사에 미니 밴을 반납하고 공항까지 걸어갔다. 우리가 탈 것은 프로펠러가 양쪽에 달린 작은 비행기다. 직항으로 가지 않고 몰로카이를 경유해서 마우이의 카훌루이공항으로 간다. 한 번도 들어본 적이 없는 하와이 지역 항공사다. 직항이 빠르겠지만 30분 정도 비행기를 더 타는 것도 문제없고, 덤으로 몰로카이 섬도 아주 짧게 구경할 수도 있다. 무엇보다 가격이 싸다.

가보지 않은 곳의 여행 가이드를 읽는 건 시시한 소설을 읽는 것보다 훨씬 재미있다. 그곳의 역사와 기후, 가는 방법, 꼭 봐야할 것과 해야 할 것들, 먹어봐야 할 음식과 숙박 정보 등을 놓칠세라 꼼꼼하게 읽어보게 된다. 요즘엔 인터넷으로 쉽게 정보를 얻을 수 있지만 대부분은 정보의 질도 낮고, 내용도 즉물적이다. 어쩐지 그걸 똑같이 따라해야 할 것 같은 느낌을 주는 포스팅은 예고편을 너무 자세하게 보여주는 주말의 영화 소개 프로그램 같다.

가이드북을 고르는 요령이 있다. 되도록 현지에 사는 사람이 적은 것을 구입하는 것이 좋다. 사진은 있어야 하지만 클 필요는 없다. 약간의 유머와 함께 깨알 같은 글씨로 꽉 채운, 여백이 많지 않은 책이 좋다. 앤드류 도허티의 『마우이 가이드Maui Revealed』는 내가 원하는 조건을 갖춘 책이다. 오아후와 빅 아일랜드 가이드도 그의 책을 샀기 때문에 의심의 여지가 없었다. 몇 주간 그 지역을 훑어보고 쓴 론리 플래닛Lonely Planet 류의 가이드와는 다르다. '우리 동네에 온다고? 내가 좀 살아봐서 아는데 말이야'라고 저자가 말하는 것 같다. 나는 마우이가 어떤 모양인지 안다. 지도에서는 마우이가 다섯 섬 중에 네번째(이는 두번째로 젊은 섬이라는 말이다)라는 것도. 하지만 아무리 맘에 드는 가이드를 열심히 읽어도 마우이공항에 내리는 순간, 내가 마우이를 전혀 모른다는 사실을 실감하게 된다. 가이드북을 통해 그곳을 잘 알 수 있다면 굳이 여행을 갈 필요가 없을 것이다.

소박한 공항을 생각했는데 의외로 크고 잘 갖추어져 있어서 놀랐다. 그렇지, 마우이는 하와이의 플레이그라운드라고 했지. 다른 하와이 섬의 사람들도 놀러오는 섬이다. 렌터카 회사에는 예약해놓은 소형차가 없어서, 중형차로 무료 업그레이드를 받았다. 좋아할 필요가 없었다. 그 이유는 나중에 밝혀진다.

양쪽 큰 산 두 개를 제외하고는 중간이 뻥, 하고 트여 있어서 사막이나 초원을 달리는 기분이 들었다. 오아후 섬은 어딜 가나 병풍 같은 산이 둘러져 있고, 북부 지역을 제외하고는 사람들이 꽤나 사는 중소도시의 느낌을 주는 데 반해 이곳은 인간이 자연에 덤으로 살고 있다는 느낌을 준다. 오아후 섬과 비슷한 크기에 인구는 1/7(약 14만 명)밖에 없으니까 그럴 법도 하다. 화성에 여행을 가면 이런 황망한 기분이 들까? 같은 하와이라도 섬마다 환경의 차이가 크다. 물론 이런 느낌은 여행 가이드에 소개되어 있시 않았나.

원래 직접 가보지 못한 곳은 제멋대로 상상하기 마련이다. 여행 가이드가 전해주지 못하는 그곳의 분위기라는 것이 있다. 가령 로스앤젤레스는 영화에 나오는 것보다 훨씬 지루하고, 뉴욕은 최첨단이라기보다는 오래된 도시 같다.

여행지에 대한 나만의 느낌은 소중히 간직하는 것이 좋다. 그것이야 말로 여행이 남긴 것이니까. 때로는 그런 느낌이 너무 엉뚱해서 남에게 말할 수 없을 때도 많다. 그래도 좋다. 아무것도 느끼지 못했다면 결국 블로그에 포스팅 할 수 있는 것은 풍경 사진과 먹었던 음식 정도일 테니까.

○○○

"아직도 멀었어?"

돌양의 목소리가 떨린다. 우리는 차 한 대만 지나다닐 수 있는 비포장도로를 20분쯤 달려왔다. 왼쪽엔 절벽과 바다가 있다. 가드레일도 없고, 경찰도 없고, 사람도 없다. 4륜구동 SUV가 아니라 중형 세단으로 협곡을 운전하고 있는 것이다. 이럴 줄 알았다면 무료 업그레이드 따위는 받지 않는 건데.

마우이는 크게 서북쪽과 동남쪽으로 나뉘어져 있다. 중간은 잘록하게 오므려 있어서 조금만 더 쥐어짜면 두 섬으로 나누어질 것 같은 모양이다. 서쪽은 동쪽의 1/3 정도 크기인데 제주도의 반쯤 되는 크기라 반나절이면 충분히 돌 거라고 생각했다. 물론 그건 내 생각일 뿐이었지만.

가는 길에 전망대에 들러 고래도 보고, 블랙 록Black Rock이라는 해에서 스노클링을 했다. 여기까지는 도로가 시원하게 닦여 있고 와이키키처럼 자동차가 북적대지 않아 아무 문제가 없었다. 하지만 리조트 타운을 지나 북쪽으로 올라가자 길이 서서히 좁아지고, 고도가 높아졌다. 마침내는 차가 한 대만 지나갈 수 있는 길이 나왔는데 언제 앞에서 다른 차가 나타날지 조마조마했다. 뒤에서 오는 차를 일단 보내고 그 차를 따라갔다. 일종의 선발대 격으로 보내놓아 미리 마음의 준비를 할 수 있게 말이다. 그런데 앞으로 보낸 차도 길이 무서웠는지 나를 기다리며 커브를 트는 빈 공터에 서 있는 게 아닌가. 어쩔 수 없이 다시 선발대가 되었다. 꽁무니를 쫓아오던 차가 어느 순간 사라져버렸다. 가야 할 길이 온 길보다 많이 남은 GPS를 보고, 절망에 빠져 오던 길을 돌아간 것일까? 한참을 달리자 지리산 산동네처럼 산속의 마을이 나타났다. 어디선가 밥 짓는 연기가 나오고 야생 닭들이 이리저리 돌아다녔다. 사고가 난 관광객을 포섭하여 물건을 빼앗고……로 시작되는 영화가 생각났다. 우리에게 그런 일이 생겨도 하나두 이상할 것이 없을 것 같았다.

"이런 식으로 얼마를 더 가야 하는 거지?"

GPS를 자세히 보기 위해 차를 세웠다. 점선으로 된 부분이 비포장

길인데 이런 속도로 간다면 한 시간은 족히 더 가야 할 듯싶었다.

　여행 가이드에는 이 길에 숨겨진 명소가 있다고 했다. 운전이 서툰 내가, 처음 운전하는 이곳에서 사람들이 찾지 않는(혹은 찾기 힘든) 곳을 찾아다닌다는 것이 위험하게 느껴졌다. 도시에 살다가 하와이를 찾는 관광객들이 간과하는 것은 자연 환경이 위험할 수도 있다는 것이다. 높은 파도에 뛰어들면 목이 부러질 수 있다. 절벽에서 사진을 찍다가 떨어진 관광객도 많다. 숲속엔 동물이 살고 있고, 바다에는 상어나 해파리도 살고 있다. 이곳은 사파리나 테마파크가 아니다. 아직도 활화산이 용암을 내뿜고 있어 영토가 점점 넓어지고 있는 자연 활동이 활발한 곳이다. 예측할 수 없는 일들이 일어날 수 있는 곳이다. 사위가 어둑해지자 사람들이 없는 곳에 대한 낭만은 순식간에 공포로 변했다. 이럴 때엔 기막힌 절경도 누군가에는 무서운 풍경일 뿐이다. 인위적으로 꾸며놓은 리조트에서만 머무는 사람들의 심정을 이해할 수 있을 것 같다.

　"아스팔트 도로다!"

　돌양이 외쳤다. 마침내 좁고 구불구불한 길을 빠져나왔을 때엔 안도의 한숨을 쉬었다. 아스팔트 도로가 그토록 반가울 줄 몰랐다. 덜컹거리는 차의 진동, 차체에 부딪히던 돌멩이 소리가 사라지고 자동차는 아스팔트 위로 고요하게 미끄러졌다.

숙소로 돌아왔을 때엔 이미 깜깜한 밤이었다. 한국에서 이곳까지 공수해온 라면과 햇반으로 저녁을 때웠다. 배낭에 그걸 챙겨오지 않았더라면 큰일날 뻔했다. 너무 피곤해서 식당을 찾아 헤맬 기력이 남아 있지 않았던 것이다. 구불구불한 길을 운전하면 꼭 밤에 악몽을 꾸는데 너무 피곤해서인지 아무런 꿈도 꾸지 않았다.

미국의 자동차 임대는 기본적으로 보험이 들어 있지 않다. 모든 보험료를 합하면 임대료와 맞먹을 정도인데 안전한 여행을 위해서는 들어놓는 것이 좋다. 온라인으로 프로모션 행사에 참여하면 저렴하게 예약할 수도 있다(주로 알라모 렌터카를 이용한다). 국제운전면허증과 국내운전면허증도 필수.

Day 20
우리만의
장소를 찾아

잔디를 깎는 소리에 잠이 깼다. 전날 서쪽 마우이를 일주하느라 피곤해서인지 아홉시가 넘도록 자고 있었다. 정원 안쪽에서부터 해변까지 잔디가 깔려 있고 그 위에서 아이들이 뛰어다니며 놀고 있다. 맨발로 천천히 산책하는 노인들도 보인다. 발바닥이 간지럽고 풀냄새가 올라오는 거 같다. 우리는 잔디밭을 절대로, 밟지 마라는 표지판을 보고 자랐다.

나도 잔디밭을 밟아볼까 싶어 밖으로 나가본다. 돌양은 아직도 곤히 자고 있다. 엘리베이터 옆에는 '조용하게 지내는 시간 - 밤 10시부터 아침 8시'라는 푯말과 함께 그 시간에는 자동차를 잠글 때 경적을 사용하지 말아 달라는 당부가 적혀 있다. 그게 당연한 이곳의 규칙이겠지만 와이키키에서라면 이 규칙은 지켜지지 못하겠지. 24시간 앰뷸런스 소리가 들리니까. 귀를 기울여본다. 간간이 자동차 한두 대가 지나갈 뿐 고요하다.

이곳의 콘도는 개인이 소유이고, 콘도의 관리는 사무실에서 하는 시스템이다. 게시판을 보니 2주 정도의 평생 이용권Time Share을 파는 메모가 여기저기 꽂혀 있었다. 죽을 때까지 2주 동안 매년 똑같은 곳에서 휴가를 보낸다는 건 어떤 기분일까? 나는 전화번호가 적혀 있는 명함을 하나 떼어낸다.

'당신의 행복을 찾아주는 부동산 중개인, 캐롤라인'

ooo

오늘은 이 숙소의 주인인 월터와 함께 놀기로 했다. 10년 전에 시애틀에서 알게 된 친구다. 우리를 위해서 오늘 하루 휴가를 냈단다. 근처 대형 슈퍼(Times가 다른 곳보다 싸다며 권했다)에 들러 먹을 것을 ─ 우리는 초밥과 샐러드를, 월터는 프라이드치킨 한 마리와 샌드위치를 ─ 먼저 사고, 해변으로 향했다. 월터는 장비를 차에 싣고 왔다. 여러 통의 얼음물, 커다란 우산 차양, 그걸 모래에 꽂을 때 쓰는 망치, 담요와 자리까지…… 마치 그런 것들은 차 뒤에 언제나 준비되어 있다는 듯 척척 꺼내들었다.

주차장에서 조금 걸어가자 해변이 나왔다. 빅 비치Big Beach라고 불리는 이 해변은 말 그대로 길고 넓은 모래 해변이다. 오른쪽의 언덕을 넘어가면 스몰 비치Small Beach가 나오는데 우리가 갈 곳은 스몰 비치다. 스몰 비치는 누드 해변이다. 이곳의 누드 해변은 공식적인 것이 아니라 언덕으로 인해 자연스럽게 형성된 듯하다. 월트가 좋아하는 몇몇 곳을 말할 때, 나는 당장 이곳을 선택했다. 고작 팬티 한 장을 입고, 벗는 차이지만 그 차이가 얼마나 사람의 기분을 바꾸는지 알고 있기 때문이다. 작년에도 우리는 마이애미의 누드 해변에 갔었다.

한때 히피였던 것 같은 중년 부부가 손을 꼭 잡고 길이가 얼마 되지 않은 해변을 반복해서 걷는다. 쭈글쭈글한 팔과 다리, 엉덩이를 보는 것을 피할 수 없다. 왼쪽에서 오른쪽으로, 다시 오른쪽에서 왼쪽으로…… 산책 같기도 하고, 종교의식 같기도 하다.

누드 해변이 으레 그렇듯이 몸매를 자랑하는 여자 혹은 남자는 잘 보이지 않는다. 대부분 아랫배가 튀어나오고 허벅지살이 붙고 얼굴은 주름투성이인 사람들이다. 처음엔 보는 것도 어색하지만 점점 신경을 덜 쓰게 되고, 결국 아무렇지도 않게 된다.

파도가 높아 스노클링을 하는 건 위험했다. 하지만 누드로 물 위에 둥둥 떠 있거나, 바디보드를 타는 것은 재밌었다. 팔이나 다리를 젓지 않아도 백사장까지 주우욱 밀려왔다. 위험한 것과 재미난 것의 아슬아슬한 경계.

월터는 원래 시애틀에 살았다. 마우이에 콘도를 오래전에 투자 목적으로 사놓고 1년에 한두 번씩 왔다갔다하면서 이주를 고민했다고.

"결국 3년 전에 마우이로 이주했는데 단 한 번도 미국 본토로 건너간 적이 없어. 대신 가족들을 초대했지."

"가족들은?"

가족이 마우이에 산다면 나 역시 매년 이곳을 방문하겠다.

시애틀에서는 회계사였지만 마우이에 이주해서는 고래보호협회에서 일하고 있다. 나는 마카푸우 전망대에서 본 고래 이야기를 해주었다. 월터의 눈에서 빛이 반짝였다.

"스몰 비치는 마우이로 이주했을 때 일주일 동안 매일매일 출근 도장을 찍은 해변이야. 이곳에 오면, 모든 것이 평화롭고 마음이 편해져. 누구에게나 자신만의 장소가 있다면, 아마 이곳이 나만의 장소일 거야."

월터의 말이 무슨 뜻인지 알 것 같다. 누구에게나 자신만의 장소가 있는 것이다. 마음의 평화를 줄 수 있는 장소. 그곳이 마우이의 누드 해변이라는 것이 샘이 날 만큼 부러웠다.

저녁은 콘도로 돌아와서 바비큐를 해 먹었다. 정원 한가운데 가스 그릴이 있어서 이곳에 묵고 있는 사람들은 저녁마다 네 개의 그릴을 둘러싸고 바비큐를 해 먹는다. 사람들과 이런저런 이야기를 나누며 새우와 양념갈비를 구웠다. 오른쪽 남자는 파인애플과 가지를 그릴 위에 올려놓았다.

"여기에 올리브기름과 후추를 치면 기가 막히지요."

바비큐를 하는 남자들은 한두 가지 정도의 특별 요리 비법을 갖고 있다. 왼쪽의 조용한 부부는 우아하게 와인을 마시면서 두꺼운 스테이크를 굽는다.

"혹시 일본에서 왔어요?"

여자가 묻는다.

"아뇨, 한국이요."

"다행이네요. 이런 곳에서 끔찍한 뉴스를 보고 있으면 믿어지지가 않아요."

고기가 타고 있어서 뚜껑을 열고 한 번 뒤집는다. 외국에 나와 있으면 일본은 한국과 아주 가까운 나라라는 것을 실감하게 된다. 게다가 하와이에 일본 사람들이 너무 많은 것이다.

"여기에 자주 오세요?"

화제를 돌린다.

"타임쉐어를 해서, 시간이 날 때마다 와요. 이번이 네번째인가, 다섯번째인가."

여자가 남자에게 도움을 구하지만 남자는 자기도 모르겠다는 듯 어깨를 들썩거리고 만다.

"멤버십이 있는데 하와이의 몇 군데 콘도에서 정해진 날짜만큼 지낼 수가 있죠. 숙소 걱정도 없고, 편하게 몸만 가면 다 해결되니까 좋아요. 알려드릴까요?"

나는 대답 대신 미소를 지었다. 고기가 다 익었다. 편안한 여행을 좋아하지만 매년 똑같은 곳은 싫다.

"만나서 반가웠어요."

넓은 라나이(베란다는 하와이의 집에서 아주 중요하다)에서 구운 고기와 새우를 먹고 CNN을 보았다. 쓰나미 때문에 뒤집어진 차들과 무너진 건물들을 보니 마음이 착잡해지기 시작했다. 여기는 마우이고, 이렇게 좋은 날씨에, 하루하루를 어떻게 더 즐겁게 보낼 것인가를 고민하는데, 지구 반대편에는 하루하루를 어떻게 견딜까 고민하는 사람들이 살고 있는 것이다.

"자, 나가자."

산책을 나섰다. 밤 10시부터는 조용해야 한다는 안내문을 봐서 문을 닫는 것도, 엘리베이터를 타는 것도 조심스러웠다. 수영장엔 젊은이들 몇이 술을 마시며 이야기를 나누고 있었다. 우리는 인적이 드문 해변가로 걸어갔다. 이 동네는 백사장 대신 개펄이 넓게 이어져 있다. 조명은 없지만 달빛 때문에 걱정 없다. 힘 없는 파도소리가 멀리서 들렸다. 호주머니에서 뭔가가 잡혀 꺼내보니 부동산 업자의 명함이다.

"뭐야?"

돌양이 묻는다.

'당신의 행복을 찾아주는 부동산 중개인, 캐롤라인'

"1년에 2주만 타임쉐어를 해서 말이야. 각각 다른 도시에서 지내보는 것도 재밌을 것 같아."

그녀는 피식 웃는다.

"혹시 알아? 우리만의 장소를 발견할 수 있을지."

돌양이 멈춰서 말한다.

"장소보다는 '우리'가 중요하지. '무엇'도 중요하고 말이야."

그럼, 이제 우리 뭘 하지?

빅 비치에서 스몰 비치로 넘어가는 언덕은 1790년 이 지역 화산 폭발로 인해 용암으로 만들어졌다. 특이하게도 길을 가다보면 '사슴 주의' 표시가 되어 있는데 1959년 인도에서 들여온 아홉 마리의 사슴이 왕성하게 번식을 해서(아마도 마우이의 로맨틱한 분위기 때문에) 1만 마리 정도가 서식하고 있다고 한다.

블랙 록Black Rock이 있는 해변에 누웠다. 선글라스를 꼈는데도 햇빛이 강해서 눈을 질끈 감았다가 떴다. 우뚝 솟은 검은 바위 위에서 사람들이 담력 시험이라도 하듯이 첨벙첨벙 뛰어내리고 있다. 스노클링을 하는 돌양이 물 위로 고개를 내밀면 나는 손을 흔들어준다. 함께하는 것도 좋지만 가끔은 혼자 앉아서 구경하는 것도 좋다. 나는 와이키키로 전화를 건다.

"별일 없어요?"

집을 통째로 맡기고 와서 신경이 쓰였다. 아이기키의 일상을 잘 보내고 있는지노 궁금하고. 전화를 받은 박사님은 매일 걸어서 컨벤션센터까지 가고, 콘퍼런스가 일찍 끝나면 함께 갔던 스포츠 바에서 술도 마신단다. 어제 마술쇼도 봤고 내일은 아웃렛 쇼핑몰에 선물을 사러 갈 예정이라고 말한다. 하지만 아직 물에 들어가진 않았단다.

"언제 와요?"

알면서도 묻는다. 기다리는 사람이 있다는 건 기분 좋은 일이다. 돌아가면 거실에 빙 둘러앉아 맥주와 소주를 마셔야지.

"내일 저녁에 가요. 성 패트릭스 데이니까 재미난 구경을 시켜드릴게요."

○○○

마우이에서의 셋째 날. 원래 계획은 아침 일찍 길을 떠나 동쪽 끝의 하나Hana로 가는 것이었다. 그곳으로 가는 길이 무척 아름답다는 이야기를 책에서 읽었다. 정글과 폭포, 바다의 비경을 볼 수 있는 멋진 드라이브 코스. 월터는 그곳을 하루 만에 돌기란 불가능하다고 했다.

"서쪽 마우이를 돌았다며? 확장판일 뿐이야. 일정을 다시 생각해보라고. 일차선 비포장도로에, 작은 다리를 50개쯤 건너야 할 걸? 자동차 안에서 하루종일 시간을 보내는 것보다 좋았던 곳에서 좀더 시간을 보내는 것이 낫지 않을까?"

그의 조언을 받아들여 오전엔 스몰 비치를, 오후엔 블랙 록에 다시 들렀다.

블랙 록은 말 그대로 검은 바위인데 아주 오래전, 화산 활동의 끝자락에 분출한 용암이 굳어서 바위를 이룬 곳이다. 하와이 원주민들은 이곳에서 바다로 들어간 영혼은 조상들의 영혼과 만나게 되며 이곳의 돌멩이엔 영혼이 깃들어 있다고 믿었다. 마우이의 아이라면, 마우이 최후의 추장이 그랬던 것처럼 블랙 록에서 태평양을 향해 점프하는 것을 두려워하지 않는다.

간이 텐트를 친 하와이 원주민 가족이 보인다. 아버지와 어머니는 살집이 넉넉하고 아이들은 날렵하다. 어른들은 해변에 앉아 감자칩을 먹고 음료를 들이키며 하와이안 음악을 듣는다. 아이들은 바디보드를 타거나 다이빙을 하거나 밀려오는 파도에 몸을 던진다. 온몸에 문신을 한 아버지가 모래를 털고 일어나 바다로 나간다. 백인들이 지어놓은 고급 리조트의 한편에 간이 텐트를 치기 전의 그들의 삶은 어떠했을까? 이곳 원주민들의 비대한 몸을 볼 때마다 나는, 어쩐지 마음이 복잡해진다.

돌양이 손을 흔든다. 바다로 나갈 시간이다.

물은 생각보다 깊어 보드를 부표 삼지 않으면 약간 위험할 정도다. 하얀 노래 위여서 수족관에 빠진 것 같다. 모래보다는 바위 쪽에 물고기가 많아 한참을 구경하다 파도에 밀려 바위에 엉덩방아를 찧었다.

"와, 저기 봐!"

돌양이 소리친다. 커다란 거북이가 나타났다. 거북이는 양팔로 물을 헤치고 우아하게 나아갔다. 다들 거북이가 움직이는 대로 둥둥 떠다니며 거북이 주위로 몰려들었다. 녀석은 이리저리 사람들 사이로 헤엄쳤다. 주름이 가득한 눈을 꿈뻑거리며 그 녀석이 말했다.

"바다거북 처음 봐? 길이나 좀 비켜주시지."

○○○

배가 고파 근처에 무슨 식당이 있는지 살펴보았다. 이럴 때 GPS의 근처 '식당 찾기' 기능이 유용하다. 음식점의 종류에 따라 분류되어 가장 가까운 곳에서부터 주르륵 리스트가 나온다. 이름만으로 괜찮다 싶은 곳을(나는 맛집을 잘 찾아내는 재능이 있다) 찾아갔다. 호노코와이 오카주야 & 델리Honokowai Okazuya & Deli. 오카주야, 델리, 모두 간단한 음식을 파는 곳이라는 말이다.

GPS가 알려주는 대로 10분쯤 북쪽으로 가니 맛있는 기름 냄새를 풍기는 햄버거 그릴이 나타났다. 주방이 오픈되어 있어서 주방장 아저씨의 지휘 아래 세 명의 요리사가 음식을 굽고, 튀기고, 썰고 하는 모습을 볼 수 있었다. 주문이 밀려도 척척, 실수 없이 해내고 있었다. 바에 앉아 계속 그 모습을 보고 있어도 질리지 않을 거 같다. 주방장은 일본인으로 보이고, 주방 보조 두 명은 라틴계, 주문을 받는 여자는 미국인이다. 다국적인 가게다. 메뉴는 테리야키 스테이크, 햄버거, 샐러드, 채식 메뉴까지 없는 게 없었다.

색다른 메뉴를 시킬까 하다가 나도 모르게 치즈버거를 시켰다. 미국인들의 소울 푸드다. 한국 사람들이 먼 곳에 여행을 가도 한국 음식점을 찾듯이, 미국 사람들도 하와이에 와서 치즈버거를 사먹는다(와이키키 한가운데에 버거킹과 맥도날드, 치즈버거 인 파라다이스가 있다). 두툼한 패티에서 육즙이 새어나온다. 맛있는 수제 햄버거다. 그러나 햄버거는 햄버거일 뿐, 아무리 익숙해지려고 해도 햄버거를 먹는 것은 벅차다. 사이드로 감자튀김을 먹는 것도 마찬가지. 거기에 콜라까지 곁들이면 칼로리와 당분이 폭발을 일으켜 몸에 충격이 오는 것만 같다. 한여름, 해변에서 놀다가 먹을 음식은 햄버거가 아니라 시원한 냉면인데 말이다. 하와이에 냉면집을 차리면 잘되겠다고 생각하면서, 뜨겁고 두툼한 햄버거를 씹어먹었다.

○○○

저녁에는 월터의 가족, 친구들과 함께 식사를 했다. 그들의 단골 음식점이었는데, 사장이 한국 사람이다. 관광객은 한 명도 보이지 않았다. 이런 곳은 GPS에서 이름만 보고는 찾아올 수가 없다. 바비큐도 먹고, 김치볶음밥과 스테이크 바이트, 미소를 바른 생선요리 그리고 새우까지. 모든 음식이 중국 음식 같으면서도 한국 음식 같고, 미국 음식 같기도 했다.

"점프는 했어?"

월터가 묻는다.

"무슨?"

"블랙 록에 갔다며."

"내일 와이키키로 돌아가는데 오늘 죽기는 싫어."

식탁에 둘러앉은 사람들이 웃는다.

블랙 록이 위치한 카아나팔리Ka'anapali는 1950년까지 사탕수수 농장 지역이었다가 산업이 사양화를 걷자, 리조트 단지로 변신했다. 하와이 최초의 리조트 단지인 이곳은, 북쪽 마히나히나Mahinahina 지역까지 서른 개가 넘는 리조트가 주욱 이어져 있다. 마우이로 신혼여행을 온다면 대부분 이 지역의 리조트에 묵는다.

"오늘은 파도가 좀 세네요."

호오키파Ho'okipa Beach Park의 전망대에서 무지막지한 파도를 타고 있는 서퍼들을 구경하는데 옆 사람이 말을 걸었다. 내게 말을 걸었다기보다는 바다를 향해 중얼거리는 말 같기도 했다. 바다에는 거북과 물개도 보였다. 돌양은 사진을 찍고 싶다며 바위 아래로 내려갔다. 내게 말을 건 남자는 아이오와에서 왔다고 했다.

"아이오아는 지금, 무척 춥겠죠?"

그는 고개를 끄덕였다. 돌아가야 할 시간이 얼마 남지 않은 여행자의 표정이다. 한국도 꽃샘추위로 추울까 아니면 완연한 봄일까? 오랜만에 한국을 떠올렸다.

아무래도 하나를 포기할 수 없어서, 하나로 가는 길을 달리기로 했다. 끝까지 갈 수는 없겠지만 시간이 허락하는 곳까지라도 가보기로 한 것이다. 전망대를 떠나 40분 정도 달리다 보니 도로 한편에 차들이 정차되어 있는 것이 눈에 띄었다. 하나로 가는 길에 폭포가 많다더니 아마 폭포로 가는 길이겠구나 싶어서 차를 세웠다. 숲 속으로 난 길 입구에는 음료수와 과일을 파는 트럭이 한 대 서 있었다.

10분만 걸어가면 나온다는 폭포가 20분을 걸어도 나타나지 않았다. 수영복 차림의 사람들이 반대편에서 걸어오는 것을 봤는데. 혹시 다른 길이 있었던가? 숲 저편에서 물소리가 들렸다. 그러나 결국 우리가 발견한 건, 이게 뭐야? 싶을 정도로 작은 폭포와 웅덩이였다. 여행 가이드를 꼼꼼히 봤어야 하는 건데…… 수많은 폭포 가운데 '가장 추천하지 않는 폭포'인 트윈 폴스Twin Falls에 간 것이다. 돌아오는 길에 트럭에서 사탕수수 주스를 마셨다. 사탕수수 주스는 설탕보다 달지 않고 살짝 나무 맛이 났다.

실망스러운 폭포를 뒤로하고 조금 더 달리니 마침내 구불구불한 길이 나왔다. 좌로, 우로 급회전이 이어지디기 우거신 숲길이 나왔다. 언제까지나 끝나지 않을 것 같은 길이다. 시간이 모자라다. 20분쯤 더 가다가 차를 돌렸다. 하나로 가는 길의 밀림과 폭포와 해변은 다음을 기약

하기로 한다.

차를 산 쪽으로 돌려 화산국립공원 쪽으로 향했다. 마우이의 동쪽 꼭대기에 태양의 집이라고 불리는 해발 3천 미터가 넘는 할레아칼라 Haleakala 화산이 있다. 이곳에 마우이의 할머니가 낮의 길이를 길게 하기 위해 태양을 그곳에 잡아놓았다고 한다. 화산 활동이 멈춘 지금은 천체관측소가 생겼다. 대기가 건조하고 선명하고, 방해하는 빛이 없어서 우주를 관측하기엔 최적의 장소라고 한다.

고도가 높아지니 전망이 좋아졌다. 멀리 푸른 바다와 들판이 보였다. 초원에는 목장과 소, 말이 나타났다. 한가로운 들판과 시골길을 달리다보니 제주도 어디쯤인 것 같기도 하고 콜로라도 주의 한가한 시골 마을 같기도 하다. 푸칼라니 Pukalani 라는 작은 마을에 도착했다. 하와이의 카우보이들이 사는 곳이라고 한다. 마을 한가운데엔 우체국과 슈퍼마켓, 카페와 음식점이 있다. GPS를 켜고, 무료인터넷을 사용할 수 있는 스타벅스를 찾아본다. 쇼핑몰 옆에 스타벅스를 찾았다. 마우이에서도 보통 사람들은 지극히 미국적인 삶을 살고 있는 것이다.

할레아칼라 화산국립공원으로 올라가는 길은 처음엔 나지막한 오르막길이었다가 나중에는 지그재그 방식으로 고도를 높여갔다. 쇼핑몰에서 이미 해발 600미터 정도였고 차로 1천5백 미터 정도다. 구름이 시야를 가려 정상은 보이지 않았다. 산등성이에는 올라가는 차와 내려가는 차가 보였고 구름 아래에는 마을과 바다가 언뜻 보였다. 정상까지 올라갈 수도 있지만 시간이 없다. 차를 세웠다.

사방이 고요했다. 산소가 약간 희박한지 머리도 '기분 좋게' 멍했다. 낮게 드러누운 나무와, 아직까지는 푸른 숲 사이로 새소리밖에 들리지 않았다. 근처에 산다면 간이의자를 들고 올라와 몇 시간이고 앉아 있고 싶다. 사실은, 자동차를 타고 하나로 가거나 화산 꼭대기에 올라가보고 싶은 게 아니라 경치 좋은 곳에서 지루해질 때까지 멈춰 있고 싶다. 심심하면 책을 좀 읽다가, 맥주도 한 잔 하면서.

돌양이 머리에 꽃을 꽂고 춤을 추고 있다. 해가 질 때까지 이렇게 시간을 보내고 싶었다. 비행기 시간이 다가와 시계를 흘긋거렸다. 이제 그만, 가자.

○○○

예고없이 연착된 비행기를 타고 호놀룰루에 도착하니 비가 주룩주룩 내렸다. 텅 빈 거리에 고함을 치고 시나가는, 초록색 모자를 쓰고 초록색 셔츠를 입은 젊은이들이 보였다. 버스 안에도 온통 초록색으로 꾸민 젊은이들로 꽉 차 있었다. 아일랜드 수호성자의 날에 이방인들이 왜 술을 마셔야 하는지는 모르겠지만, 술꾼들은 언제나 술을 마실 핑계를 찾기 마련이다.

학회를 마치고 내일 한국으로 돌아가는 연구원들과 하와이에서의 마지막 밤을 보낼 술집을 물색했다. 돌양과 연구원 누님은 일찍 잠이 들었다. 내가 없는 동안 그들이 자주 갔다는 빅 카우나 바는 사람들이 너무 많았다. 게다가 그곳은 누가 봐도 나이든 관광객들만 모이는 곳이다. 사람들을 이끌고 내가 좋아하는 야드 하우스로 갔는데(당연히 100가지의 생맥주를 골라 마시기 위해서), 두시에 문을 닫는단다. 결국 우리가 도착한 곳은 시뇨르 프로그, 가게 이름처럼 커다란 개구리가 그려져 있는 클럽이다. 들어서자마자 귀를 때리는 댄스 음악에 정신을 차릴 수 없었다.

현란한 조명에 몸을 흔들어대는 이곳에서, 구석 테이블 하나를 차지하고 날이 날이니 만큼, 터무니없이 비싼 맥주를 홀짝거렸다. 누군가 대화를 시도했지만 음악소리에 파묻혀 고함을 질러야 했다. 몇 마디를 나누다 결국 다들 침묵. 이 클럽의 인종과 연령의 다양화에 기여했지만 흥겨운 분위기엔 전혀 기여하지 못했다.

민박집 주인이자 가이드인 나는, 그들을 스테이지로 인도해야 하는 책임감을 느꼈다. 하와이에 왔지만 한 번도 물에 들어가지 못했고, 오늘은 아웃렛에 가서 쇼핑을 했다는 손님들에게 내가 해줄 수 있는 건 함께 춤을 추는 것뿐이다.

처음엔 삐죽삐죽 어떻게 움직일지 모르던 그들도 춤을 추며 다가오는 젊은 흑인 아가씨 두 명과 신나게 춤을 췄다. 그녀들은 한국에서 온 아저씨들과 신나게 춤을 췄다. 먼저 지친 아저씨들이 술을 권해도 정중히 사양하고 오직 춤을 추기 위해 태어난 사람처럼 쉬지도 않고 춤을 추었다.

스테이지 옆에서 그 모습을 지켜보던 내게, 한 여자가 다가왔다. 나를 유혹하는 눈빛과 몸짓이 너무 확연해서 당황스러웠지만 긴 생머리를 흔들며 다가오는 그녀와 춤을 추었다. 이럴 줄 알았으면 멋진 춤을 좀 배워둘 것을. 나는 그저 몸만 흔들흔들 움직인다. 물 위에 떠 있는 맥주병처럼. 여자는 웃는다. 나도 웃는다. 나는 그 웃음 속에 무슨 의미가 있는지 파악하려고 노력하다가 포기한다. 춤이 끝나자 여자는 자기소개를 했다. 음악소리가 시끄러워서 이름을 제대로 듣지 못했다. 내게 묻지도 않고 마가리타를 주문해주었다.

"땡큐."

나는 잔을 들었다. 아, 맥주 이외의 술을 마시면 취하는데. 하지만 마치 이런 건 음료수라는 듯 꿀꺽 마셨다.

"한국 사람이야?"

여자가 내 귀에 대고 말한다. 나는 고개를 끄덕인다.

"넌?"

"엄마가 한국 사람이고 아빠는 미국 사람."

그럴 줄 알았다는 듯 고개를 다시 고개를 끄덕인다.

"여기는 내 친구들이야."

군인 청년 두 명이 인사를 한다.

"부탁 좀 들어줄래?"

여자가 묻는다.

"한국말로 얘네들에게 말 좀 걸어줄 수 있어?"

나는 이 상황을 이해할 수 없어서 여자와 두 남자를 번갈아 쳐다보았다. 그들은 해군 기지의 한국 통역관들이었다. 그녀야 원래 한국어가 유창하고, 두 녀석은 아직 배우는 중이라고. 그러니까 나는, 녀석들의 한국어 실습 상대로 선택되었단 말이지. '안녕하세요, 반갑습니다. 어디서 오셨습니까? 저는 부산에서 왔습니다. 당신은 어디에서 왔나요?' 그들에게 한국말로 인사를 하는 어색한 상황에도 여자와 눈이 마주쳤다. 여자를 보다가 문득 생각났다. 이곳을 배경으로 하는 드라마 시리즈 〈하와이 파이브 오〉의 그레이스 박과 닮았다. 공상과학 시리즈 〈배틀스타 갈락티카〉에도 나왔는데. 이야기를 할까? 하다가 바보같이 보일 것 같아서 그만뒀다.

"어디 살아?"

"노스 비치."

여기서 최소한 두 시간 가야 하는 곳이다.

"집에 어떻게 가?"

내가 물으니 여자는 그냥 웃기만 한다.

그냥 웃기만.

나는 구석 테이블에서 수군거리고 있는 사람들을 가리켰다.

"저분들의 가이드라서 가봐야 해."

거짓말이 아닌데 거짓말처럼 느껴졌다. 여자는,

"그럼 다음에."

라는 말을 남기고 다시 스테이지로 나가 춤을 췄다. 나는 따라나설 수가 없었다. 아저씨들 때문도, 집에서 날 기다리고 있는 돌양 때문도 아니었다. 나는 항상 젊다고 생각했는데 결코 그렇지 않은 탓이었다. 내가 더이상 젊지 않다는 사실이 너무 무거워서 도무지 춤을 출 기분이 나지 않았던 것이다.

하나까지 가는 길은 80킬로미터밖에 안 되지만 620번의 커브와 59개의 다리를 건너가야 하므로 2시간에서 4시간 정도(편도)가 걸린다. 다음번에는 꼭 운전을 잘하는 사람과 동행해서 구경해보고 싶다.

장소보다는 '우리'가 중요하지. '무엇'도 중요하고 말이야.

4부

바디서핑을
하던 날들

손님들을 배웅하고 돌아와 다시 잠이 들었다. 콘퍼런스 홍보용 모자와 연필, 심지어는 정체를 알 수 없는 장난감도 주고 갔다. 김과 고추장 같은 부식품도 냉장고와 찬장에 남아 있다. 그들과 시끌벅적한 밤을 이틀밖에 보내지 않았는데도 그들이 떠나니 쓸쓸해져버렸다.

늦게 일어나서 밥을 먹고 빈둥거리다 오후에는 퀸스 해변에 갔다. 오늘은 슈퍼문이 뜨는 날이라 파도도 유난히 높다. 파도가 높은 날은 어떻게들 아는지 보드의 수가 많아진다. 나는 파도타기에 몇 번 성공했다. 돌양은 아직 파도타기에 성공하지 못했다. 잔뜩 흥분해서 바다에 뛰어들었다가 파도를 놓치고 나선 물고기를 본다는 핑계로 잠수를 해버렸다.

전망대의 사람들이 한곳을 바라보며 사진을 찍어대기 시작했다.

보드에 강아지를 실은 아저씨가 파도를 타고 있었다. 강아지가 과연 파도타기를 즐기는 건지, 빠져 죽지 않기 위해 보드에 붙어 있는 건지는 알 수 없었다. 부인처럼 보이는 여자가 강아지를 넘겨받아 계속 파도를 탔다. 전망대에 사람들이 많아지기 시작했다. 우리가 키우는 작은 개, 보동이라면 엄두도 못 냈을 것이다. 바다에 한 번 빠뜨린 적이 있는데 그 이후부터 바다를 슬슬 피한다. 광안리 바닷가에 산책을 나가도 인도 쪽으로 걸으려고 한다. 보동이는 우리 없이도 부모님과 함께 잘 지낸다는 소식을 들었다. 어머니와 함께 운동장을 돈다니 우리하고 있을 때보다는 건강해질 것이다.

○○○

와이키키는 다시 예전 분위기로 돌아온 것 같았다. 쓰나미가 닥친 후, 눈에 띄게 줄어들었던 일본 관광객들이 다시 늘어나고 있다는 기사를 읽었다. 퀸스 해변의 동네 아이들도 여전했다. 많아봤자 중학생 정도 되는 아이들이 매일 수업을 마치고 해변에 있는 보드 대여소 근처에 앉아 논다. 한껏 멋을 냈지만 어린 티를 감출 수 없는 여자아이들과 너무 커 보이는 힙합패션을 선호하는 남자아이들. 그렇게 꾸미지 않아도 괜찮다고 말해봤자, 콧방귀만 끼겠지? 어른이 되고 싶어서 안달이겠지만 애들아, 좋은 시절은 자신도 모르는 사이에 흘러간단다.

　　슈퍼에 들러 스테이크와 문어 무침, 배추를 사왔다. 오븐을 가열해서 스테이크를 굽고 남은 파인애플도 구워 먹었다. 문어 무침은 고춧가루와 양파가 들어간 한국식 양념이라 익숙했다. 북동쪽 해변에서 문어를 잡는 아저씨를 본 적이 있는데, 기회가 되면 나도 한번 잡아보고 싶다. 물고기를 그냥 보는 것과, 먹기 위해 잡는 것은 분명 다른 기분일 것이다. 더 맛있을까 아니면 맛이 없을까?

> 슈퍼문(Spuermoon)은 지구와 달의 궤도가 가장 가까워지는 날과 보름달이 겹쳐져서 만들어진다. 보통 보름달보다 20퍼센트 밝고, 15퍼센트 크다.

우쿨렐레 뮤지션 태준이가 소개해준 유학생 동글이와 친하게 되었다. 동글이가 다이아몬드 헤드로 운동을 간다기에 따라나섰다.

약 15만 년 전쯤에 화산 폭발로 만들어졌다는 이 분화구는 와이키키를 배경으로 한 엽서나 그림, 영화에 빠짐없이 등장한다. 멀리서는 등성이 비스듬하게 이어진 낮은 산처럼 보인다. 나무도 별로 없고 바위투성이라 올라갈 마음은 전혀 들지 않지만, 하와이에 처음 왔을 때 (관광객의 의무를 지켜) 꼭대기까지 올라간 적이 한 번 있다.

가는 길에 다이아몬드 헤드 공원에서 열리는 파머스 마켓(농산물 장터)에 들렀다. 주말이라 사람들이 북적거렸다. 과일, 채소, 꿀, 꽃 등 이곳에서 파는 농작물은 하와이에서 생산된 것이다. 생산자가 직접 판매하기 때문에 장터엔 유난히 생기가 돌았다. 오이와 꿀을 샀고 담백하게 구운 피자도 먹고 야채를 튀긴 것에 아히 참치를 올려놓은 애피타이저도 먹었다. 이런 장터에만 오면 뭐든지 다 먹고 싶어진다. 화려한 난과 이름을 알 수 없는 꽃들의 사진을 찍느라 돌양은 신이 났다. 하와이에서 수확된 농산물은 파머스 마켓이 아니면 쉽게 구할 수 없다는 사실이 씁쓸할 뿐이다.

북적거리는 장터를 구경하고 다이아몬드 헤드 등반에 나섰다. 등반이라고 부를 것도 없다. 나무 그늘이 없기 때문에 선글라스만 준비하면 된다. 정상을 본 뒤에 내려오면 한 시간이나 한 시간 반쯤 걸린다. 처음엔 그리 힘들지 않지만 중반 이후부터는 경사가 서서히 높아진다. 정상 가까이에서는 높고 긴 계단과, 동굴, 참호를 거쳐야 한다. 올라가는 길에 가는 비가 내려 걱정했지만 언제나 그렇듯, 이곳의 비는 금방 그쳤다.

동글이는 연간 입장료를 끊었다. 다이어트를 위해 매일 정상에 오를 거라고 한다. 오랜 유학기간 동안 살이 부쩍 쪄버려 하와이 현지인처럼 보인다고 웃는다.

"살을 빼지 않아도 보기 좋은데 왜 그래?"

항상 마른 체격인 나는 이런 말을 자주 한다. 부러워할 정도와 걱정스러울 정도의 딱 중간이다. 내가 되고 싶은 사람은 딱 두 부류다. 술을 잘 마시는 사람과 살이 찐 사람. 그런 건 생각보다 되기 힘들다.

운동복 차림으로 뛰어 올라가는 사람들이 보였다. 심지어는 유모차를 끌고(들고) 빠른 걸음으로 걸어가는 사람들도 있다. 미국에는 아이가 어려도 어디나 함께 다닌다. 유모차에, 자전거에, 어깨와 가슴에…… 아기가 부모의 여가 활동에 방해가 되는 것이 아니라 (힘들지만) 함께하는 존재다. 미국의 엄마 아빠들은 힘이 정말 세 보인다. 아이를 안고 뛰는 아빠를 보면 기분이 좋아진다. 아이 때문에 힘이 더욱 강해지겠지.

정상에 올라오니 시원한 바람이 불었다. 와이키키의 수많은 호텔들, 백사장과 사람들, 산 쪽의 주민들이 사는 마키키, 동쪽의 하나우마만 등이 사방으로 펼쳐졌다.

다이아몬드 헤드 아래쪽, 등대가 있는 부근에 스노클링을 할 만한 장소도 발견했다. 그냥 지나쳤던 곳인데 높은 곳에서 보니 드문드문 바위와 산호들이 보였다. 물속에 들어가서 뭐가 있는지 확인해보고 싶은 마음이 들었다. 거북이나 작은 물고기 떼와 마주칠지도 모른다.

산 정상에 계속 있고 싶은데, 밀려오는 사람들 때문에 도리가 없다. 이런 곳에서는 와인 한 잔 마시면서 석양을 바라봐야 하는데 말이다. 나는 등산을 싫어하지만 산꼭대기에 있는 것은 좋아한다. 좋은 순간은 되도록이면 오래 음미하고 싶다. 그런데 사람들은 꼭대기에서 사진 몇 장을 찍고 힘들었던 길을 다시 돌아간다. 하와이에서 꼭 가봐야 할 곳에 체크를 하고. 자, 다음 행선지는 어디인가요?

○○○

점심은 근처의 다이아몬드 헤드 그릴에서 아히 스테이크를 먹었다. 생선 비린 맛이 하나도 나지 않고 육즙이 줄줄 흘러서 고기라고 해도 믿을 정도다. 생선을 그리 좋아하지 않는 돌양도 맛있게 먹었다. 이런 것만 매일 먹는다면 저절로 몸이 건강해질 것 같다.

"미국에서 몸을 망치는 첫번째 길이 뭔 줄 아세요?"

동글이가 묻는다.

"콜라를 많이 마시는 거예요. 설탕이 무지막지하게 들어가 있는데, 조심하지 않으면 습관적으로 먹게 되거든요. 기름기가 많은 음식이 많아 저절로 손이 가잖아요. 콜라 없는 햄버거나 팝콘이 상상이 돼요? 그다음 단계가 에너지 드링크를 마시는 거예요. 설탕뿐만 아니라 카페인도 많이 들어 있죠. 운동한다는 핑계로 마시나보면 중독이 돼요. 그렇게 천천히 몸이 망가지는 거죠."

다행이다, 둘 다 즐기지 않아서.

생수와 콜라의 가격이 비슷하다면 무얼 마셔야 할까? 몸을 위해서라면 생수를, 경제적 효용과 맛을 위해서라면 콜라를 마셔야 할 것 같은데, 이제는 건강을 먼저 생각해야 하는 시대가 왔다. 실제로 생수의 소비량이 콜라의 소비량을 앞질렀다고 한다.

미국의 뚱뚱한 사람은 우리나라의 뚱뚱한 사람과는 차원이 다르다. 뚱뚱한 사람의 허벅지 굵기는 직접 봐야 믿을 수 있을 정도로 부풀어 있다. 수술이 필요할 것 같은데도 사람들은 체념한 것 같다. 별로 신경 쓰지 않는다. 한 손에 1리터가 족히 넘는 콜라를 들고 다니면서 말이다.

고기를(자주, 많이) 먹는 것도 몸을 망치는 지름길이 아닐까 싶다. 미국에서는 공장에서 생산된 육류를 생선이나 야채보다 훨씬 싸게 살 수 있다. 본토의 가축 공장에서 만들어진 싼 고기들을 수입하는 것이다. 빅 아일랜드에 방목형 농장이 있긴 하지만 그곳에서 기르는 소를 본토에 보내 살을 찌우고 도살한 다음 다시 수입하는 것이 더 싸다. 육식이 나쁜 게 아니라, 안전하게 먹을 만한 고기가 없다는 것이 문제다. 하와이의 좋은 자연환경에서 유기농 농산물을 생산하면 좋겠지만 하와이의 거의 모든 땅은 농사를 짓기에는 너무 비싼 땅, 투기의 대상이 되어버렸다. 사탕수수나 파인애플, 바나나를 길러 수익을 낼 수 없다. 지상의 낙원을 돈을 주고 사버리면 더이상 낙원이 되지 않는 것이다.

집에 돌아와서 한숨 자고, 퀸스 해변로 갔다. 가는 길에 크레이그 리스트에서 중고 바디보드를 샀다. 크기가 약간 작고 흠집이 있긴 하지만 돌양이 쓰기에는 무리가 없었다. 그걸 파는 여자는 이삿짐을 싸다가 쓸모없는 보드를 처분한 것 같았다. 이로써 바디보드 두 개, 핀도 두 개. 완벽하다. 그런데 정작 중요한 파도가 없다. 귀신같이 이걸 알고 동네 아이들도 바다에서 볼 수 없었다. 이런 날은 보드를 부표 삼아 물고기들을 보면 된다. 돌양은 퀸스가 스노클링을 하기엔 하나우마 만보다 좋다는 말을 했다. 하나우마 만이 너무 얕아서 산호 때문에 위험한 반면, 퀸스는 수심이 깊고 파도도 적당히 쳐서 무료하지 않다.

저녁에는 새로운 손님, 저스틴이 왔다. 여동생이 하와이안 빌리지에서 결혼을 한단다. 나이는 우리와 비슷하고 영국의 작은 방송국에서 카메라맨으로 일한다. 이 결혼식에서도 아마 카메라맨 역할을 하게 될 거란다. 열다섯 시간이나 LA를 거쳐 이곳으로 왔는데 비행기에서 맥주를 너무 마셨다고 너털거렸다. 식료품점과 해변의 방향을 가르쳐주었다. 그는 공식적으로 세번째 손님이다.

슈퍼마켓에서 살 수 없는 신선한 지역 농신물은 장터에서 구입할 수 있다. 오아후 섬에는 60여 개의 장터가 주중, 주말을 가리지 않고 열린다. 하와이의 땅값이 올라 농사를 짓는 것이 힘든 일이지만 아직도 지역농산물을 재배하고, 사는 사람들이 직거래를 이용해 축제처럼 장터를 즐기고 있다. 먹거리도 준비되어 있으니 뱃속을 비워가는 것은 필수. 와이키키에서 가까운 곳에 열리는 가볼 만한 장터는 다음과 같다.

킹스 빌리지 장터(매주 금요일 오후)

와이키키 한복판에서 열리므로 가장 이용하기 쉽다. 아기자기한 킹스 빌리지 쇼핑몰도 구경하고 농산물도 구입할 수 있는 게 장점이나 관광객을 상대로 하는 편이라 가격이 비싸다.

카피올라니 공원 장터(매주 일요일)

와이키키 서쪽 편의 공원에서 열리는 비교적 큰 규모의 장터. 농산물뿐만 아니라 각종 기념품도 저렴하게 구입할 수 있다. 주변에 동물원과 아쿠아리움도 있다.

카피올라니 커뮤니티 대학 장터(매주 토요일 오전)

다이아몬드 헤드 입구에서 열리는 장터로 하와이에서 생산된 농작물만을 취급하는 것으로 유명하다. 레스토랑에서 직접 개발한 신메뉴를 맛보는 것도 즐겁다. 간단히 장을 보고 다이아몬드 헤드에 올라가서 와이키키 전경을 구경하는 것도 좋다.

알라 모아나 장터(매주 토요일 오전)

규모는 조금 작지만 알라 모아나 쇼핑몰에 갔다면 5층에서 열리는 장터에도 가보는 것이 좋다.

아침으로 치즈를 넣은 오믈렛과 미역국을 먹었다. 저스틴이 미역
국을 먹어보더니 먹을 만하단다(외국인들은 해초 스프에 거부감이 있
다). 저스틴은 낡은 티셔츠에 반바지, 발가락 고리가 하나 달린 샌들 차
림이다. 마치 옆집에 살던 동네 형이 산책하다 잠시 들른 것 같다. 여동
생과 쇼핑을 간다고 저스틴이 집을 나가고 우리도 파도를 타기 위해 퀸
스 해변으로 나갔다. 마치 직장에 다니는 것처럼 매일 똑같은 해변으로
출근하고 있는 것이다.

오늘의 퀸스는 바람이 많이 불고 파도도 제법 높게 일었다. 먼저
바다로 나간 돌양이 물고기들이 파도 때문에 어딘가로 숨어버렸다고 한
다. 물에 들어가 살펴보니 물고기들은 커다란 산호 사이에 모여 있었다.

마치 비바람을 피하는 것처럼. 큰 파도가 칠 때엔 어쩔 수 없이 스르르, 밀려가는 모습이 재밌었다. 미안, 너희들은 힘들겠지만.

해변에는 음악을 들으며 누워 있거나 책을 읽고 있는 사람들이 많다. 나이 많으신 분들은 대부분 한손에 꼭 들어오는 페이퍼백을, 젊은 사람들은 킨들(Kindle_ 아마존닷컴의 전자책 리더)을 읽고 있는 경우가 많다. 하루종일 바다만 바라보고 있거나 잠을 자기에는 너무 지루한 것이다. 해변에서 읽기 좋은 책은 어떤 것이 있을까? 사람들의 책 표지를 힐끗힐끗 살펴본다. 대부분이 스릴러 소설(제임스 페터슨 류의 책)이나, 철지난 트와일라잇 뱀파이어 로맨스다.

그래, 나도 책을 읽는 사람이었지!

하와이에 온 지 한 달이 다 되어 가는데 책을 거의 읽지 않았다. 고작해야 가이드북 정도. 하지만 소설도 쓰지 않고 책도 읽지 않으니 머리가 더 맑아진 것도 같다.

ABC 스토어에도 잡지나 관광 가이드, 페이퍼백 베스트셀러 같은 건 판다. 하지만 제대로 된 책을 사려면 로열 하와이안 쇼핑몰 안의 보더스 서점을 이용하거나(매우 소박한 크기의 분점이다), 알라 모아나 쇼핑몰의 반스 앤 노블에 가는 수밖에 없다.

그래서 저녁에 알라 모아나 쇼핑몰에 들렀다. 돌양은 ROSS에 옷을 사러 가고 나는 책을 사러 반스 앤 노블에 들렀다. 서점 입구에는 전자책 리더 누크Nook를 홍보하느라 여념이 없다. 그걸 갖고 서점에 들어오면 무료로 읽을 수 있는 책이 많단다. 데이비드 미첼과 게리 슈테인가르트의 새 소설, 필립 K딕과 앨런 튜링의 전기를 읽고 싶어서 서점을 뒤졌다. 하지만 내가 찾는 책은 하나도 없다. 재고가 없는 경우였다. 아, 이런 식이면 전자책을 살 수밖에 없을지도 모른다. 하지만 나는 아직까지 만져볼 수 있는 책이 더 좋은데⋯⋯.

나는 뉴욕의 거의 모든 서점을 방문하고 그 경험을 책으로 내기도 했다. 너무 과하게 접하면 질려버리듯, 한동안 서점을 즐겨 찾지 않았다. 쓰고 싶은 것이 있는데 제대로 안 풀려서 그럴지도 모른다. 이상하다. 하와이에 온 뒤로는 내가 뭘 쓰고 있었는지도 잊어버렸다. 해변에서 바비 인형을 가지고 정신없이 놀던 아이처럼, 나도 하와이에서 정신없이 놀고 있었구나.

나는 서가를 어슬렁거렸다. 표지가 눈길을 끄는 책, 첫 단락이 마음을 사로잡는 책을 찾아 손길 닿는 대로 책을 꺼내 보았다. 소설 코너에서 좋아하는 작가의 책들을 구경하다가, 척 팔라닉의 『인비저블 몬스터』를 사려고 머뭇거리는 남자와 마주쳤다.

"그 책 꼭 사. 안 사면 후회해."

남자는 정말입니까? 하는 눈빛으로 나를 쳐다봤다.

"나도 『질식』을 읽었는데. 흥미롭더라고."

남자들은 『파이트 클럽』을 쓴 척 팔라닉을 좋아할 수밖에 없다. 현대사회에서 빛바래져가는 것은 남성성이고, 『파이트 클럽』은 그걸 살리기 위한 테러를 선포했다. 햇볕 가득한 하와이에서도 이렇게도 어두운 소설이 필요한가보다. 사람의 마음이 날씨를 따라가라는 법이 없으니까. 어쩌면 이곳에서의 절망은 화창한 날씨 때문에 더 비참할지도 모른다.

"고마워, 꼭 살게."

남자는 책을 들고 서점을 빠져나갔다. 나는 그날 빈손으로 돌아왔지만 아마존닷컴에서 책 네 권을 주문했다. 다행히 살고 있는 집이 있고, 주소가 있고, 우편함도 있다. 문제는 기다리는 것. 한국이라면 택배가 하루 만에 도착하겠지만, 이곳은 최소한 일주일은 걸린다. 게다가 여기는 본토와 떨어진 섬이다. 해결책은 까맣게 잊고 있는 것밖에 없다. 물론, 매일매일 우편함을 뒤지겠지만.

미국 제2위의 서점 체인인 보더스가 파산해서 와이키키에 있던 보더스 서점도 사라졌다. 책을 사려면 알라 모아나 쇼핑몰에 있는 반스 앤 노블에 갈 수밖에 없다. 콘도 로비에 휴가 때 가져온 책을 교환해서 볼 수 있는 서가가 있기도 하다. 대부분은 오래된 스릴러 페이퍼백이다.

먹는 것은
더 중요하다

오늘은 바다에 나가지 않았다. 미뤄두었던 일기를 쓰고, 칼럼 번역
을 조금 했다. 여름방학 숙제를 미뤄놨다가 모아서 하는 기분이었다. 점
심에는 스테이크를 구워 먹었다. 참치뱃살도 구워 먹을까 하다가 미소
된장을 발라 냉장고에 두었다. 금세 저녁 시간이 되어 생선을 구워 먹었
다. 양념과 함께 살짝 태우면 더 맛있다. 육류가 위험한 건 알고 있다. 하
지만 생선은 안전할까? '이건 하와이 근해에서 잡은 것이니 괜찮겠지'
라고 생각해도 뭔가 의심스러운 점을 떨칠 수 없다. 이런 식이라면 제대
로 먹을 수 있는 게 없을 것이다. 문명이 발달할수록, 세계화가 진행될수
록 왜 가장 기본적인 것들(의, 식, 주)을 제대로 접할 수 없는 것인지 모
르겠다. 옷은 지나치게 싸서 낭비되고 있고(제3세계 사람들이 노동 착

취를 당한다), 먹는 것은 어느 하나 안전하지 않고(확인할 수 없는 공장에서 만들어진다), 집은 투기의 대상이 된다.

저녁에 산책을 나갔다. 이번에는 복잡한 칼라카우아나 쿠히오 거리가 아닌, 수로가 나 있는 알라와이 대로를 따라 걸어갔는데 마침 조깅을 하는 동네 주민들을 많이 볼 수 있었다. 이 길로 산책을 하면 신호등을 하나도 건너지 않고 와이키키를 통과할 수 있다. 산책을 하다 날지 못하고 종종 걸음으로 걷고 있는 새를 발견했다. 날개 하나가 부러졌다.

강이 그리 깨끗하지 않는데도 물고기가 떼를 지어 다녔다. 동쪽으로 끝까지 걸어가니 카파훌루 거리가 나왔다. 교차로에 와이키키 도서관이라는 표시가 보였다. 이런, 이곳에 도서관이 있는 줄 몰랐다. 북쪽으로 걸어가본다. 원래 카이무쿠라는 오래된 다운타운으로 긴 산책을 가려고 했다. 그런데 그곳에 가기 전인데도 오래된 다운타운 냄새가 물씬 풍기는 동네가 나타났다.

겨우 한 블록 차이로 고급 쇼핑몰 같은 느낌의 와이키키는 어디론가 사라지고 80년대로 돌아온 기분이 들었다. 레인보우 드라이브 인이라는 테이크아웃 음식점의 간판이 반짝거렸다. 지나가던 동네주민, 배고픈 서퍼들이 옹기종기 야외 테이블에 앉아 저녁을 때우고 있었다. 말은 드라이브 인Drive-in이지만 실제로 운전을 하면서 주문을 할 수는 없고 커다란 주차장이 있어서 차를 세운 뒤에 주문할 수 있다. 주요 메뉴는 당연히 로코모코(햄버거 스테이크 두 개, 반숙 계란 두 개 그리고 밥)를 위시한 플레이트 런치Plate Lunch다.

플레이트 런치란 말 그대로 한 접시에 담아주는 점심이다. 하와이가 관광지가 되기 이전에는 파인애플, 사탕수수, 바나나를 재배하는 농장지대였다. 노동력이 부족해서 일본과 중국, 포르투갈과 베트남 그리고 한국 사람들까지 일을 하러 왔다. 일꾼들의 점심을 책임지는 것이 플레이트 런치였는데 접시 하나에 밥 두 스쿠프(동양 사람들은 밥이 없으면 안 된다), 마카로니 샐러드(미국에서 온 사람들이 흔히 먹는 음식) 그리고 바비큐나 햄버거, 생선구이나 치킨, 포르투갈 소시지나 스팸이 올라오는 것이다. 고단백 탄수화물 위주의 식단은 일꾼들에게 힘을 줬을 것이다. 이런 형태의 식단은 누가 발명했다기보다는 국적이 다른 일꾼들이 점심을 먹다가 자신들의 나라에서 주로 먹던 것들이 뒤섞여서 자연스레 만들어지게 된 것이다.

가장 인기 있는 플레이트 런치는 밥과 햄버거 스테이크, 그 위에 계란 프라이와 그레이비 소스가 곁들여진 로코모코다. 1940년대 힐로의 한 레스토랑에서 개발되었다고 하지만 느끼한 그레이비 소스를 빼면 한국에서도 어렵지 않게 먹을 수 있는 햄버거 스테이크와 똑같다. 단무지와 김치가 없는 건 아쉽지만 말이다. 그러나 이름이 재미있어서 좋다. 하와이 말인가 싶었는데, 동네 지역을 뜻하는 로코Loco와, 별 뜻 없는 모코Moco를 붙여서 나온 이름이란다. 로코모코 먹으러 가자. 말하는 사람도, 듣는 사람도 어쩐지 기분이 좋아진다.

레인보우 드라이브 인은 가격이 저렴하고 양도 푸짐하다. 미니 로코모코가 3달러 내외, 플레이트 런치는 6~7달러이고 샌드위치는 3달러 내외다. 참고로 플레이트 런치의 양은, 한국 사람이라면 두 사람이 먹어도 될 만하다(미국의 어떤 음식이든 마찬가지지만). 미니 로코모코 하나 정도가 한 사람이 먹기에 충분하니까.

저녁을 먹었지만 로코모코 작은 사이즈(햄버거 스테이크 하나, 계란 하나, 밥은 많이)를 나눠 먹었다. 다시 알라와이 산책길을 걸었는데 전에 보았던 걷지 못하는 새는 어디로 갔는지 볼 수 없었다.

저스틴이 아침 일찍 일어나 베이컨을 굽기 시작했다. 집안에 기름 냄새가 가득하다.

"너도 베이컨 좀 먹을래?"

"아니, 한국 사람은 아침에 그런 걸 안 먹어(삼겹살하고 비슷하잖아)."

"정말?"

"응, 주로 저녁에 술하고 먹는다고. 아침에 계란 프라이는 먹어. 주로 밥과 김치와 국이 빠지지 않지."

저스틴은 어제 진주만에 관광을 갔단다. 뭘 구경했냐고 물으니 이것저것…… 이라고 말을 줄인다. 하와이에서 전쟁 기념관이라니 생각만 해도 미국의 애국주의에 머리가 어지럽다. 하와이를 빼앗다시피 한 것은 까맣게 잊고, 일본에 공습을 받은 것을 두고두고 기리다니.

번역을 하고 있는 존 키츠의 『러브레터』가 막혔는데, 그에게 해석이 안 되는 문장을 물어봤다. 그도 잘 설명을 하지 못한다. 나도 한글로 된 문장이 잘 이해가 안 될 때가 있으니 나무랄 건 없지만 실망했다.

산책을 나갔다. 아파트를 스무 걸음만 나서면 와이키키 한복판이다. 초특급 호텔에서 그저 그런 호텔까지, 명품 매장부터 싸구려 기념품 판매점까지 와이키키라는 작은 섬(실제로는 섬이 아니지만 수로로 구분되어 있고 다른 지역과 확연히 차이가 나서 섬이라고 느껴진다)에 들어서 있다. 오전 9시라 문을 연 가게는 없고 대부분 문을 열기 위해 준비를 하고 있었다. 항상 사람이 붐비는 곳인데 썰렁하니 기분이 묘했다. 영화를 찍기 전의 세트장 같다. 한 번도 가보지 않았던 비치워크를 따라 해변 쪽으로 산책을 나갔다. 와이키키 해변에는 벌써 사람들이 몇몇 나와 있고 호텔에는 아침식사를 하는 사람으로 분주했다.

아침을 먹고 산책을 나갔던 쪽으로 보드와 스노클링 장비를 들고 나갔다. 바다색은 푸르디푸르고, 물은 얕고, 파도는 치지 않으나. 하지만 드문드문 산호가 보였다. 돌양이 먼저 바다로 들어가 살펴보았지만 물고기는 보이지 않는다고 했다. 바디보드를 탈 정도의 파도가 일거나, 물고기를 볼 수 있는 바다가 아니면 더이상 바다가 아니다(이건 돌양의 지론이다). 그런데 비싼 리조트는 죄다 이런 바다를 마치 자기 바다인 양 뒤로하고 있다. 이런 걸 감상용 바다라고 해야 하나? 자리를 좀더 서쪽으로 옮겨 바다 속을 살펴보았으나 총 합해서 열 마리 정도의 물고기밖에 보이지 않았다.

다시, 우리 해변으로 돌아갈 수밖에. 남의 잔디가 더 푸르게 보인다, 라는 속담은 여기서 '남의 해변이 더 멋있게 보인다'로 말바꿈이 가능하다. 바람이 잔잔한 것은 퀸스 해변도 마찬가지였다. 돌양은 물속에 뛰어들어 물고기를 보고 왔는데 물이 맑아서 아주 많은 종류의 물고기를 볼 수 있다고 했다.

하지만 기다리는 것은 파도였다. 파도가 넘실거리는 곳으로 가보았지만 보드를 타기에는 부족했다. 두 사람이 둥둥 떠 있기에 파도를 기다리는 줄 알았는데, 알고 보니 잡담을 나누며 서로 작업중이었다. 호감이 25퍼센트에서 35퍼센트로 올라갈 정도의 대화(주로 직업에 관련된 정보를 약간씩 흘리는)였다. 파도가 높게 일었으면 한 사람이 파도를 타고 주르르 밀려가버려 제대로 대화를 할 수 없었을 것이다. 뭐, 잔잔한 바다도 이런 식으로 사람들에게 도움을 주고 있다고 생각하니 나쁘지 않았다.

겨우 3미터 정도를 갈 수 있는 파도를 두 번 탔다. 전망대 앞에선 동네 꾼들이 열심히 파도를 타고 있었다. 위험해 보이긴 하지만 언제나 큰 파도가 치는 곳이다. 큰 파도가 치니 약속이라도 한 듯 몇 명이 파도에 밀려 줄줄이 내려왔다. 과연 나도 저곳에서 파도를 탈 수 있을까? 저곳에서는 파도를 타는 게 관건이 아니라 전망대에 부딪히기 전에 어떻게 멈추는지, 다른 사람을 어떻게 잘 피하는지가 중요한 것 같았다.

○○○

저녁에는 근처 마켓에 있는 중국 음식점에서 볶음밥을 테이크아웃했다. 연기도 나고, 덥고, 냄새도 나는 중국집이지만 동네 사람들에게 인기가 있는지 줄을 서서 주문해야 했다. 냉장고에 차갑게 식혀 놓았던 코나 맥주와 함께 먹었는데, 맛있었다. 역시, 사람들이 몰려 있는 곳은 다 이유가 있는 법이다.

저스틴은 결혼식에 갔다가 하와이안 쇼를 보고 저녁에 들어왔다. 피곤한지 먼저 자겠다고 했다. 저녁으로 근사한 파티 음식을 먹었지만 맛은 없었다고 했다.

하와이가 미국 땅이 된 이유(더 정확하게는 미국이 하와이를 뺏은 이유)는 이곳이 군사적으로 아시아를 견제하기 쉽기 때문이다. 제2차 세계대전, 베트남전쟁, 한국전쟁을 통해 미군의 전진 기지로 하와이가 이용되었고 지금도 중요성은 그대로 남아 있다. 제2차 세계대전 때 일본의 진주만 공습이 이루어졌던 곳이 기념관으로 만들어져 있다.

Day 28
하와이에
비가 오면

오늘은 비가 오는 바람에, 다운타운에서 시간을 보냈다. 돌양이 쇼핑을 하는 사이 나는 도서관에 갔다. 두 시간 뒤에 다시 만나서 다운타운을 어슬렁거렸다. 미국엔 요구르트 아이스크림 집이 인기다. 먹어도 살이 안 찐다는 광고는 어쩐지 거짓말인 것 같은데 아이스크림을 먹는다는 죄책감을 줄여주나보다. 비는 그쳤다가 다시 내렸다. 집으로 돌아와 책을 읽었다. 차분히 앉아 책을 읽는 게 얼마 만인지 모르겠다. 나쁜 날씨가 예술의 발전에 기여한다는 말은 빈말이 아니었나보다.

다운타운 도서관 부근에는 하와이의 역사를 느낄 수 있는 건물이 여럿 있다. 그중에 가장 볼만한 것은 이올라니 궁전으로, 미국 유일의 궁전 (왕족이 있는 하와이를 뺏었으므로)이다. 칼리기우아 쌍과 누이이자 마지막 왕인 릴리오우칼라니가 살았던 곳인데 릴리오우칼라니는 하와이의 왕권을 부활시키려 이곳에서 갇힌 신세가 되어버렸다. 이곳에서 꿋꿋하게 노래를 만들고 수를 놓았다고 한다.

와이키키 입구에 있는 해산물 뷔페에 한번 가보기로 했다. 미국에서 일반인들을 상대로 한 뷔페치고 제대로 된 곳은 그리 많지 않다. 게다가 돌양은 뷔페에 대해 꽤나 높은 기준을 가지고 있다. 혹시나 하는 기대를 했지만 그다지 특별하지는 않았다. 스시나 캘리포니아 롤 종류도 많고 기본적인 음식도 갖추어져 있고, 김치까지 있으니까 불평하면 안 되겠지. 주인도 한국 사람, 서빙도 한국 사람, 허드렛일을 하는 사람들은 라틴 사람들이었다. 손님들 중에 유난히 한국 노인분들이 많았는데 한국식 메뉴에 영어로 주문하지 않아도 되는 뷔페라서일까? 아무튼, 소화도 시켜가며 천천히 먹었다. 원래는 버스를 타고 멀리 노스 비치에 갈 계획을 세웠지만 근처의 알라 모아나 매직 아일랜드(내가 한 번 죽을 뻔한)로 가기로 했다. 점심시간이 너무 길어졌기 때문이다. 게다가 매직 아일랜드는 식당에서 조금만 걸어가면 나온다.

물에는 아무도 없었다. 이름만 매직이지 마술 같은 섬이 아니다. 와이키키나 바로 옆의 알라 모아나 해변에 비하면 인기가 없다. 바다를 방파제로 막아 만든 해수 풀이 전부다. 원래 이곳에 테마파크가 들어오기로 했지만 여러 가지 이유로 계획이 중지되어 공원과 해수 풀만 남았다. 돌양이 선발대로 방파제 근처로 가보았다. 물고기는 별로 없고, 방파제 너머로 낚시꾼과 해부들만 보였다. 방파제 밖으로 나가볼까 잠시 고민했다. 그러나 수심도 너무 깊고 방파제 쪽으로 치는 파도도 무서워서 그만두기로 했다. 한 곳에서 두 번 죽을 뻔할 필요는 없다.

우리는 바로 옆에 있는 알라 모아나 해변으로 자리를 옮겼다. 시원하게 뻗은 모래사장을 가지고 있고 파도도 잔잔한데다가 주차시설도 좋아 주민들이 주로 오는 해변이다. 결혼사진 촬영을 하는 일본인 커플도 있고, 꼬마 아이들과 함께 온 가족도 많았다. 예전 같았으면 이런 해변도 좋다고 수영을 했겠지만 이제 우리에게 필요한 바다는 파도가 있거나 물고기가 많은 바다다.

퀸스 해변으로 돌아오니 역시, 물고기도 많고 파도노 꽤 쳤다. 몸매가 좋은 젊은 여자 두 명이 바디보드를 들고 나타났다. 작은 보드를 가져왔지만 파도를 두 번이나 탔다. 돌양은 오늘도 파도를 타지 못했다. 내가 보기엔, 파도가 뒤에서 밀려올 때 발을 차주는 것뿐만 아니라 양손도 힘차게 저어 파도와 속도를 맞춰야 한다. 한 번만 성공해보면 알 수 있을 텐데…… 내일은 성공할 수 있을 거라고 위로했다.

나이가 좀 있어 보이는 아저씨가 보드를 들고 물에 들어갔다. 막 퇴근을 하고 왔을까? 동네 운동장을 산책하러 온 것처럼 자연스럽게 바다를 향해 나아간다. 높지 않은 파도도 쉽게 잡아서 미끄러지듯이 파도를 탔다. 석양이 지는 바다와 함께 배경이 되었다. 언제든지 마음만 먹으면 파도를 탈 수 있는 그 아저씨가 부럽다. 직장에서 집으로 돌아가는 길이, 사람이 빽빽이 들어찬 지하철인 것과 석양이 지는 바다라는 차이는 사람의 분위기를 다르게 만든다.

어쩌면 우리에게 중요한 것은 어떤 일을 하느냐가 아니라 어떤 환경에 사느냐가 아닌가 싶다. 일에 대한 스트레스를 술로 풀 수밖에 없는 환경에서 제대로 된 여가는 있을 수 없을 테니까.

뷔페에서 그렇게 많이 먹었는데도 집에 돌아오니 배가 고팠다. 사람이란, 밥을 매번 먹어도 또 먹고 싶고, 매일 놀아도 내일 또 놀고 싶은 이상한 존재라는 생각이 문득 들었다.

알라 모아나 해변은 호놀룰루 다운타운과 와이키키 사이에 있다. 바다 앞쪽에 산호가 있어서 파도가 거의 없다. 그래서 장거리 수영을 하거나 아이들이 놀기에 좋다. 해변 뒤쪽에는 잔디밭과 나무가 무성한 공원이 있고 좀더 안쪽으로 들어가면 알라 모아나 쇼핑몰과 워드 쇼핑센터가 나온다.

혼자 가볍게 뛰고 싶을 땐 알라와이 수로를 따라 뛴다. 신호등 하나 없이 와이키키를 가로지를 수 있다. 사람 없는 거리가 심심하다면 칼라카우아 거리를 따라서 걷다가(여기서 뛰면 사람들과 부딪힌다) 포트드러시의 큰 공원이 나오면 뛰기 시작한다. 뛴다고 하지만 사실은 빨리 걷는 것으로 대신할 때가 많다. 아침산책을 나오기 전, 오늘은 어떤 길을 뛰어볼까 고민하는 시간이 좋다.

오늘 아침에는 캠코더를 들고 나갔다. 일상 풍경을 하나씩 찍어봐야겠다는 생각이 문득 들었다. 나는 호텔의 로비를 좋아한다(호텔이 아니라 호텔의 로비다). 와이키키만큼 호텔 로비를 한꺼번에 구경할 수 있는 곳도 드물다. 내가 가장 좋아하는 호텔 로비는 오래된 모아나 호텔과 로열 하와이안 호텔 로비다. 오늘은 아웃리거 리프 온 더 비치와 하와이안 빌리지의 로비를 찾았다.

뾰족한 지붕 아래 기다란 카누가 걸려 있는 아웃리거 호텔은 멀리서 봐도 한눈에 알 수 있다. 로비 안쪽에는 풀이 있고, 풀에서는 바다가 보인다. 로비에는 하와이 음악의 역사와 자료사진을 전시해놓았다. 코로 부는 피리나 북이 진짜 하와이안 악기고, 우쿨렐레는 포르투갈 사람들이 하와이로 이주할 때 가져온 악기가 변형된 거란 걸 알게 됐다. 호텔의 상징처럼 전통카누를 전시하고 설명해놓은 것도 좋았다.

하와이안 빌리지는 와이키키 초입에 위치한 힐튼 체인의 호텔 마을이다. 일곱 개의 호텔에 연못과 풀, 상가와 레스토랑이 모여 있다. 어쩌면 와이키키에서 이 빌리지 밖으로 나가지 않는 사람도 있지 않을까? 하는 생각이 들 정도의 규모다. 로비에는 하와이의 역사적 이벤트(주로 미국과 관련된)를 주욱 훑어볼 수 있다. 제2차 세계대전, 미국의 주(州)로 편입된 일, 깜찍한 아역배우 셜리 템플의 방문, JFK와 엘비스 프레슬리, 마이클 잭슨과 오바마 대통령의 방문 그리고 사라져간 하와이의 많은 왕들…… 어떤 것이 더 중요한 일인지 헷갈린다. 아무것도 중요하지 않다는 듯 복도를 걸어가는 관광객이 더 많다.

호텔을 빠져나와 알라 모아나 대로를 걷는다. 모서리에 와일라나 커피 하우스Wailana Coffeehouse가 있다. 하얀 바탕에 빨간 글씨로 촌스럽고 심플하게 적혀 있어서 누구나 한 번쯤 '아, 맘 편하게 저곳에서 아침식사나 해볼까?' 하는 생각이 드는 곳이다. 메뉴를 보니 가격도 나쁘지 않고, 김치볶음밥까지 있다. 24시간 열고, 팬케이크과 계란, 베이컨을 무제한으로 준다. 머리가 하얀 노인들이 주요 고객층이다. 이렇게 멀리 와서도 사람들은 자신에게 익숙한 곳을 찾기 마련이다.

이제 쿠히오 거리로 접어든다. 해변을 통과하는 번잡한 칼라카우아보다는 한 블록 뒤인 쿠히오가 더 좋다. 좀더 서민적이고 리얼한 사람들이 산다. 가끔씩 홈리스도 마주친다. 오래된 호텔과 저렴한 식당과 바가 있고, 으슥해 보이는 바와 밤거리를 배회하는 아가씨들도 있다. 물론 아침에는 무슨 일이 있었냐는 듯, 출근하는 사람들밖에 없지만.

ooo

점심에는 돌양이 끓인 김치찌개를 먹었다. 오랜만에 먹어본 한국음식이라 맛있었다. 오후에는 퀸스 해변으로 출근했다. 오늘은 하와이 공식 휴일로 쿠히오 왕자(1871-1922, 잉족 유일의 미국 의원이 되었다)가 태어난 것을 기념하는 날이다. 약간 짜리몽땅한 이 아저씨의 동상은 와이키키 한가운데 서 있다. 듀크(하와이 출신의 올림픽 수영 챔피

언, 하와이에 서핑을 전한 것으로 유명하다) 동상보다 인기가 없지만 오늘만은 동상의 목에 레이가 넘쳐날 듯이 많이 걸려 있다.

해변에는 공휴일을 맞아 동네 주민들이 텐트를 치고 바비큐 파티를 하고 있다. 아이들은 파도로 뛰어들고 어른들은 하와이 음악을 들으며 이야기를 나눈다. 오늘따라 파도가 자주, 그리고 적당한 세기로 쳤다. 나는 바디보드를 들고 바다로 향했다. 파도를 일곱 번이나 탔다.

와이키키의 길은 왕족의 이름으로 되어 있는 경우가 많다. 칼라카우아(Kalakaua 1836-1891),
쿠히오(Kuhio 1871-1922), 릴리오우칼라니(Lilioukalani 1838-1917), 카이울라니(Kaiulani
1875-1899) 등이다. 이 길을 걸으면서 그들의 이야기를 찾아보는 것도 하와이의 역사를 이해하
는 데 도움이 된다.

최초의 근대호텔인 모아나 호텔Moana Hotel은 1901년에 문을 연 이후, 지금까지 와이키키
중심을 지키고 있다. 로비의 거대한 반얀 트리와 테라스가 유명하다. 근처에 있는 핑크색 호텔
은 로열 하와이안Royal Hawaiian으로 1927년에 문을 열었다. 큰 규모의 정원이 이 호텔의 자
랑이다. 두 호텔은 웨딩 파티와 허니문 호텔로 많이 이용된다.

　　하와이는 계절의 변화가 거의 없기 때문에 오늘이 어제 같고, 또 그제 같기 마련이다. 아침에 일어나서 일기를 정리하고 커피를 마시고 근처를 산책하고 아침 겸 점심을 먹고 오후에는 바다에 나가 수영을 하거나 바디보드를 타고 석양을 본다. 이런 식으로 매일 비슷하게 지내니 시간이 빨리 흘러가는 것처럼 느껴진다. 날씨의 변화도 별로 없어서 맑거나 조금 흐려 비가 오거나, 둘 중의 하나인 경우가 많다. 좀더 천천히 느끼고 싶은데, 그럴수록 시간은 더 빨리 흐른다. 노인의 시간이 어린이의 시간보다 빨리 흐른다는 말이 이해가 된다.

　　돌양이 드디어, 파도타기에 성공했다. 사진을 찍었느냐, 동영상은 제대로 찍었느냐, 멋있게 파도를 타는 모습은 봤느냐고 수선을 떨었다.

아, 미안. 잠시 딴 짓을 하느라 보지 못했어. 하지만 자전거를 타는 것과 비슷해서 한 번 그 느낌을 익히고 나면 쉽게 잊어버리지 않을 거야. 파도는 계속 오고 앞으로 우린 매일매일 파도를 탈 거니까.

흥미로운 서퍼들 이야기.

북쪽 해안에서 서핑을 하다가 상어에게 한쪽 팔을 잃어버린 베서니 해밀턴 Bethany Meilani Hamilton이라는 아가씨가 있었다. 그녀는 서핑을 포기하지 않고 서핑 선수권 대회에서 우승한다. 이런 영화 같은 실화가 〈소울 서퍼Soul Surfer〉라는 영화로 만들어졌다. 듀크(1890-1968, 하와이 출신의 현대 서핑의 선구자로 올림픽 수영 5관왕을 차지했다)는 와이키키에서 1마일을 파도를 타고 내려왔다는 믿을 수 없는 전설이 있다. 잭 런던(1876-1916, 미국의 탐험 소설가)이 하와이에 있을 때 서핑을 배웠고 그를 가르쳤던 조지 프리스는 캘리포니아로 건너가 최초의 서핑보드를 이용한 인명 구조요원이 되었다.

좀더 천천히 느끼고 싶은데, 그럴수록 시간은 더 빨리 흐른다.

5부
숨은 곳을
찾아서

오후 늦게 하와이대학으로 산책을 나섰다. 지도상으로 와이키키 바로 뒤에 위치했지만 한 번도 가보지 않았던 것이다. 하와이까지 와서 웬 대학교냐고 돌양은 투덜거렸지만 날씨도 흐리고 해변도 슬슬 질리기 시작한 참이었다. 돌양은 마음에 드는 곳이면 매일 갈 수 있고, 맛있는 음식이라면 똑같은 것도 매일 먹을 수 있지만 나는 다르다. 뭔가 새로운 곳이 있다면 가보지 않았다는 이유만으로도 가보고 싶다.

버스에서 내리니 일단, 학생들이 보이지 않았다. 때마침 일요일이고 봄 방학이긴 하지만 이건 좀, 너무하잖아. 어슬렁거리는 고양이와 연구원으로 보이는 나이 많은 남자가 지나갔다. 다섯 명이 보듬어도 모자랄 만큼의 큰 나무도 있고 색색의 향기로운 꽃이 피는 나무들도 있다. 다들 특별한 나무인 척하지 않고 자연스럽게, 푯말도 없이 서 있었다. 학교가 아니라 식물원 같다. 외벽은 낡아서 빛이 바래기도 하고 이끼가 낀 건물도 보기 좋다. 이런 모습이 모두 잘 어우러져 하와이대학의 인상을 만들고 있었다. 이런 대학교라면 다니고 싶을 정도다. 음, 학교 식당이 맛있어야 한다는 조건, 수업은 일주일에 10시간 미만이라면 좋겠다. 돌양도 여기라면 다시 그림을 그려도 좋겠다고 한다. 무언가를 배우기보다는 이곳의 분위기를 그려보고 싶단다.

주차장으로 들어서자 길고양이들이 유난히 많이 보였다. TNR(Trap Neuter Return_ 포획한 후 중성화 수술을 하고 다시 돌려보낸다는 뜻)이 된 고양이들이다. 갑자기 수십 마리의 고양이들이 한 방향을 향해 걷거나 뛰기 시작했다. 고양이들을 따라 뛰었다. 피리 부는 사나이라도 나타난 걸까?

중년의 여자가 차에서 내렸다. 트렁크를 열고 물통과 사료통을 꺼낸다. 고양이들은 그녀를 기다렸던 것이다. 만남의 장소인지 주차장 한편의 나무 밑으로 한걸음에 도착한 그녀가 물과 사료를 여러 곳에 나눠주고는 부르릉, 떠나버렸다. 우리는 갑자기 밀이 없어졌다.

"저런 분들이 있어서 죄 많은 인간이 지구에서 안 쫓겨나는 거 같아."

돌양이 말했다. 하지만 고양이를 싫어할 뿐만 아니라, 고양이에게 사료를 주는 사람까지 싫어하는 사람들도 있다.

학교를 빠져나와 천천히 걸었다. 언덕배기에는 길을 따라 자그마한 집들이 나란히 서 있었다. 1층엔 차고고 2층에 살림을 사는 마당이 작은 집들이었다. 걷다보니 카이무키Kaimuki라는 오래된 마을에 도착했다. 하와이의 보통 사람들이 사는 곳이다. 네온사인에 불이 들어오지 않는 폐쇄된 극장을 지나쳤다. 하와이의 오래된 마을엔 꼭 운영되지 않는 극장이 하나씩 있다. 빅 아일랜드의 힐로에는 팰리스Palace라는 폐쇄된 극장이 있었는데 지역 주민들이 힘을 모아 다시 열기도 했다. 식당이 즐비한 상가도 보였다. 심지어 상호가 '김치Kimchee'인 곳도 있다.

해가 져서 어둑했지만 GPS가 있어서 문제없었다. 가게도 없고 지나가는 사람도 없는, 비슷하게 생긴 집들만 계속 나오는 거리를 걸었다. GPS에서 가리키는 대로 이리저리 길을 돌아가니, 익숙한 길이 나왔다. 스타벅스와 KFC가 보였다.

배가 출출해서 테이크아웃 스시집에 들렀다. 어려보이는 점원에게 젊은이들은 어디에서 노는지 물어보았다. 곰곰이 생각하더니,

"알라 모아나 쇼핑몰이나⋯⋯"

(헉, 쇼핑몰은 질색이라니까.)

"하이킹을 좋아하면 코코 헤드 트래킹이나⋯⋯"

(헉, 나는 1천 개 넘는 계단을 올라가기 싫어.)

"아니면 노스 비치나……"

(노스의 파도를 타면 순식간에 사라질 걸?)

주방에 있는 친구에게도 물어본다. 그 친구도 어깨를 으쓱거리기는 마찬가지다. 하와이의 젊은이들은 갈 곳이 별로 없을지도 모른다. 방문자에겐 모든 곳이 낯설어 흥미로울지 모르지만(오늘 긴 산책처럼) 이곳에 사는 젊은이들은 뉴욕이나 할리우드, 혹은 라스베이거스로 가고 싶을지도…… 스무 해를 섬 안에서 살고 있다면 더욱 그럴지도 모를 일이다.

작가들의 하와이 사랑.
『허클베리 핀의 모험』으로 유명한 미국 작가 마크 트웨인은 1866년 하와이를 여행하고 『하와이에서 보낸 편지』를 출간하였다. 무라카미 하루키도 하와이에 자주 출몰하는데 알로하 런 마라톤을 참석하기 위해 잠시 하와이대학에 머문다는 이야기를 들었다. 해밀턴 도서관을 기웃거려봤으나 그와 비슷하게 닮은 사람은 보지 못했다.

Day 33
길 없는 등산로를 개척하라

팔리 전망대Pali Lookout를 걸어서 가보기로 했다. 버스도 산중턱까지 올라가니 두 시간 이내로 도착할 수 있을 것 같았다. 내려올 때에는 반대편으로 내려가 카일루아에서 동쪽으로 돌아오면 오아후 섬 동남쪽 일주가 된다. 하지만, 이건 어디까지나 이론상의 계획이고 어떻게 될지는 두고 봐야 알 일이다.

버스가 다운타운을 통과해 1번 고속도로를 지나자 정글에 가까운 울창한 숲과 고급 주택이 나타났다. 버스는 해발 1200피트 표시가 보이는 종점에서 멈췄다. 운전사는 우리가 길 잃은 관광객인 줄 알고 괜찮냐고 물었다.

"괜찮아요. 천천히 산책을 하러 온 것뿐이니까요."

산속의 주택가들은 모두 다른 형태로 지어져 있었다. 한꺼번에 여러 채를 지은 게 아니라 오랜 시간을 준비해서 땅을 고르고 원하는 모양의 집을 지은 느낌이다. 심지어 정원에 공작새를 기르는 집도 있었다. 담도 없는데 풀어놓으면 도망가지 않을까? 돌양은 야생 공작새가 아닌가 의심했지만 설마, 야생 공작새가 잔디밭에서 놀고 있을리가.

이곳에 등산로가 있다는 정보는 인터넷에도 없었지만 이렇게 가면 길이 이어질 것 같은 느낌이 들었다. 하지만 전망대로 이어지는 가장 빠른 지름길인 올드 팔리 드라이브Old Pali Drive의 끝에는, 등산로는커녕 펜스로 막혀 출입금지 표지만 있었다. 어쩔 수 없이 길을 내려와 우회하는 도로로 다시 올라갔다.

타잔이 튀어나올 법한 밀림이 나타났다. 오른쪽에는 계곡이 흐르고 길 전체가 우거진 숲, 높이를 알 수 없는 나무, 꽃 등으로 가득 차 있다. 하와이에는 유난히 원근감이 상실되는 풍경이 많다. 무너져내릴 것 같은 절벽과, 거대한 크기의 나무들이 도대체 얼마나 멀리 있고 얼마나 큰지를 가늠할 수 없어서 마치 〈아바타〉 같은 3D 영화를 보는 것 같이 어리둥절해지는 것이다. 그리고 한 나무에 여러 종의 꽃늘이 씨를 뿌려 나무 자체가 분재가 되어 있는 경우라든가 기둥 같은 줄기들이 마치 뿌리처럼 땅과 연결되어 있다든가 두 나무가 하나의 나무로 합체되어버린 경우라든가 하는 나무에 대한 상식이 바뀌는 순간을 여러 번 경험할 수 있었다.

한참을 걷고 있는데 비가 내렸다. 와이키키에서 바라본 산중턱엔 항상 비구름이 몰려 있었는데, 그 비구름이 비를 뿌리는 것이다. 빗발이 점점 굵어지는 것이, 금방 지나갈 비는 아닌 것 같았다. 지금까지 온 길의 세 배 정도를 더 가야 해서 이쯤에서 내려가기로 했다. 밀림을 빠져나오니 비가 그쳤다. 우리는 4번 버스를 타고 다운타운으로 내려왔다.

○○○

아쉬운 마음에 알로하 타워에 갔다. 6~7층 높이의 이 타워는 고층 빌딩들이 생기기 전, 하와이에서 가장 높은 건물이었다. 알로하 타워가 있는 부두는 오하우 섬을 통과하는 모든 배들이 정박하는 하와이의 실질적인 관문이었지만 지금은 작은 쇼핑몰로 변했다. 돌양은 부두의 시멘트 옆에 산호와 물고기들을 구경했다. 다양한 열대어들이 사람들이 던져주는 빵 쪼가리를 먹기 위해 몰려들었다.

"부두에서 스노클링을 하면 웃기겠지?" 돌양이 물었다.

알로하 타워는 예전만큼 붐비지 않았고, 문을 닫은 가게마저 드문드문 보였다. 부둣가가 보이는 야외 테라스에 앉았다. 고든 맥주 레스토랑은 내가 좋아하는 곳이다. 독일식 맥주를 파는 곳으로 캘리포니아와 하와이에 체인이 몇 개 있다. 벼르고 있다가 오늘 드디어 맥주 맛을 볼 수 있게 되었다. 맥주 두 잔과 쇠고기와 바비큐 미니 햄버거, 마늘 감자튀김(감자튀김에 마늘을 얹었다, 냠냠)을 먹었다. 안주는 해피아워로 반값에 먹기에는 미안할 정도로 양도 많고 맛있었고 맥주의 맛은 나쁘지 않았다. 야외에 앉아 있을 수 있는 레스토랑, 해피아워가 있는 하와이의 레스토랑이 좋다.

계획이 틀어지긴 했지만 그것 때문에 또 재미있게 보낼 수 있는 하루였다. 등산을 좋아하는 한국이었다면 전망대로 가는 많은 등산로를 만들었을 텐데. 하지만 구름 낀 산허리를 보니 지도에 없는 길을 만들었다 하더라도 비가 오면 작은 길 정도는 밀림으로 덮어버릴지도 모르겠단 생각이 들었다.

하와이에는 주를 넘지 않는데도 주간 고속도로Interstate Highway가 있다. 네 개의 고속도로가 있는데 다 합쳐도 90킬로미터 밖에 되지 않는다. 그중 가장 짧은 H201은 6킬로미터다. 그만큼 오아후 섬은 좁다. 섬에 정착한 사람들은 6개월 내에 약간의 우울증이 생기는데 이것을 아일랜드 피버Island Fever라고 한다. 광대한 대륙에서 살다가, 이런 섬으로 오니 마음이 깁깁해질 수밖에.

뉴욕 자유의 여신상처럼 호놀룰루 부두를 통해 들어오는 모든 관광객과 이민자들이 맨 처음 보는 환영의 건물은 알로하 타워였다. 1926년에 준공된 이후 40년 동안 하와이에서 가장 높은 건물(10층, 56미터)이다. 물론 지금은 작고 아담한 건물이지만.

와이키키 해변, 다이아몬드 헤드, 하나우마 만, 노스 비치. 여행 책을 보나, 웹서핑을 해보나 오아후 섬에 가볼 만한 곳은 정해져 있다. 관광객은 모르는 곳이 분명 더 있을 것 같았다. 현지인이 만든 블로그를 중심으로 검색하다가 딱 내 맘 같은 문구를 발견했다. '오아후 섬은 공짜다(www.oahu-for-free.com).' 무료로 숨겨진 곳을 알려준다는 말이기도, 하와이의 자연은 모두 공짜라는 말이기도 하다. 그중 펠레의 의자Pelle's Chair라는 주인장이 좋아하는 곳으로 가보기로 했다. 가끔씩 가곤 했던 마카푸우 해변과 멀지 않았다.

버스를 타고 마카푸우 해변에 도착했다. 이곳의 파도는 해변으로 바로 내리꽂는 파도라 보더들이 파도를 타다 거품 속으로 사라지는 모습을 볼 수 있다. 바다를 마주보는 전망 좋은 피크닉 테이블에서 점심 도시락을 먹었다. 점심은 내가 좋아하는 도시락 집에서 사온 연어구이와 치킨, 어묵 튀김과 밥, 샐러드.

점심을 먹고 펠레의 의자로 걷기 시작했다. 등대 산책을 시작했던 주차장에 도착하자 작은 샛길이 보였다. 지도에도 없고 공식적인 표지판도 없지만 웹사이트의 구글 지도를 다운받아 무작정 샛길을 따라 걸었다. 10분쯤 지나자 산책을 하고 돌아오는 중년 남자와 개를 보았다. 이름과 장소는 정확히 알려져 있지 않아도 아는 사람은 아는 곳 같았다. 마침내 도착한 곳에는 의자처럼 생긴 검은 바위가 바다를 내려다보고 있었다.

하와이 전설에 따르면 펠레는 불과 천둥, 바람 그리고 화산의 여신이다. 그녀가 검은 의자에 앉아서 '바람아 불어라!'라고 외치면 지금처럼 거센 파도가 치겠지. 한쪽에선 거센 파도가 치고 있지만 방파제로 막아놓은 자연 풀엔 바람도 파도도 없이 잔잔하기만 했다. 자연 풀 위엔 누군가 옮겨다 놓은 거대한 통나무가 바위틈에 걸쳐져, 다이빙대 역할을 하고 있었다. 까만 피부에 긴 생머리의 하와이 아가씨들이 통나무에 올라서서 차례로 폴짝, 뛰어내렸다. 다리를 젓는 것으로 보아 수심은 키보다 깊고, 바닥은 모래라 투명하고 안전해 보였다.

보드를 가져오지 않은 돌양은 점프도 스노클링도 하지 못했다. 보드 덕분에 먼 바다에도 나갈 수 있게 되었지만 역시 보드가 없으니 발이 닿지 않는 곳은 심리적으로 불안하다고. 나도 무섭긴 마찬가지지만 어린 여자아이들이 저렇게 신나게 뛰어내리는데 멀뚱히 바라보다가 돌아가는 건 너무 억울할 거 같았다.

통나무 위에 올라섰다. 생각보다 쉽지 않았다. 다이빙을 해본 적이 있던가? 부둣가에 살아서 항상 바다를 끼고 놀았지만 다이빙을 해본 적은 없는 거 같다. 좁은 통나무 위에 서니, 바람이 너무 세다. 좀 전의 여자아이처럼 한 번에 달려가 점프해야 하는데 주춤거리다가 결국 주저앉고 말았다.

돌아갈 수도 그렇다고 뛰어내릴 수도 없는 난처한 상황이 되었다. 여기서 잘못 움직이면 앉은 채로 보기 흉하게 떨어지게 될 것이다. 기껏해야 2미터밖에 되지 않는 높이였지만 물이 너무 투명해서 5미터정도로 느껴졌다. 어쩌지? 심리적으로 한 시간, 실제 십 분 정도의 시간이 지났다.

순서를 기다리던 여자 아이가 통나무로 걸어왔다. 웬 아저씨가 떡하니 버티고 있으니 그녀도 답답했을 것이다.

"발바닥을 뒤로해서 통나무를 잡아요. 엉덩이에 힘을 주고 그대로 일어나세요."

그녀의 팁은 간단했지만 실행은 어려웠다. 끙끙거리며 드디어 일어서자 어쩔 수 없다는 체념의 마음이 들었다. 돌아갈 수 없으니 뛰어 내릴 수밖에.

"아악!"

일 초도 되지 않는 자유 낙하의 기분은 짜릿했다. 물과 부딪히는 순간, 만 개도 넘는 물방울이 온몸을 감쌌다. 몸이 수면 위로 올라오면서 살아남았다는 찰나의 감동. 사람들이 죽을 것 같은 공포를 경험하기 위해 번지 점프를 하는 이유를 알 것 같았다. 여자 아이들의 환호가 들리고 돌양의 걱정스러운 얼굴이 보였다.

첨벙, 하는 소리에 돌아보니 커다란 개가 물속으로 뛰어들었다. 주인처럼 보이는 중년 여자가 통나무 위에 올라서자 두 마리의 개가 주인을 향해 짖기 시작했다. 역시 한두 번 해본 솜씨가 아니다. 멋지게 다이빙. 개들도 물에 뛰어드는 게 좋은지 바위로 올라갔다가 뛰어내리기를 반복했다. 저런 멋진 자세를 갖기 위해서는 몇 번을 뛰어내려야 할까?

와이키키로 돌아와 보드를 들고 퀸스 해변으로 갔다. 시금까지 본 것 중 가장 높은 파도가 밀려들고 있었다. 동네 사람들은 죄다 모여 파도를 타고 있었다. 우리도 재빨리 파도에 뛰어들었다. 거대한 파도를 두세 번 탔는데, 파도를 타는 것보다 다시 파도가 치는 곳까지 가는 것이 더 힘들었다. 파도에 밀려 앞으로 나아가지 않을 때는 파도 밑으로 잠수해서 원하는 장소로 가야 한다. 손과 발을 멈추면 금세 해변으로 밀려가버린다. 이런 수고스러움쯤이야, 큰 파도를 탈 수만 있다면 몇 번이고 되풀이할 수 있다. 거대한 파도를 타고 싶어 가슴이 두근거렸다.

태양은 구름 한 점 없는 하늘에서 바다로 떨어지고 있었다. 태양이 수평선으로 사라지는 순간, 주위를 둘러보았다. 돌양도 사람들도 잠시 멈춰 수평선을 바라보고 있었다.

저녁에 새로운 손님이 왔다. 미국 본토에서 박사 과정을 밟고 있는 누님인데 이곳에 학회가 있어서 일주일 정도를 머문단다. 손님이 있는지 깜빡 잊어버릴 정도로 조용하다. 성이 경씨라 경누님이라 부르기로 했다.

　사람 없는 펠레의 의자에서, 어쩌면 누드 수영을 할 수 있으리란 기대를 하고 아침 일찍 버스를 탔다. 돌양은 보드도 챙겼다. 마카푸우 해변 정류장에서 내리면 언덕을 올라가야 하기 때문에 한 정류장 앞에서 내렸다. 찻길을 건너 울타리를 넘었다. 무성한 잡초와 갈대로 보아 버려진 목장 같았다. 그 길을 가로지르는 것이 지름길이다.

　타이어 자국이 나 있는 길을 따라 걷다가 이상한 기분이 들었다. 하늘은 미치도록 파랗고, 태양은 뜨겁다. 저멀리 파도치는 소리를 향해 우리는 터벅터벅 걷고 있다 언젠가 비슷한 경험을 한 것 같다. 어느 여름날 오후, 친구와 함께 비밀의 장소를 찾아가던 그때, 손에 땀이 맺히고, 장소에 다가갈수록 가슴은 두근거리고…….

사람이 별로 없을 거라는 예상은 도착도 하기 전에 깨졌다. 멀리서 보아도 이미 네다섯 명이 자리를 잡고 있었다. 어제 보았던 커플은 오늘도 바위에 비스듬하게 누워 뭔가를 새기고 있었다. 밤을 새웠는지 아니면 새벽에 다시 왔는지는 모르겠다. 하지만 저들이 밤새도록 뭔가를 새긴 것이라면 단지 'I Love You' 따위는 아닐 것이다. 그 커플 이외에도 개를 데리고 온 아저씨와 여자아이 두 명이 있었다.

어제 돌양이 보드만 있다면 자신도 다이빙을 할 수 있다고 큰소리를 쳤다. 자, 그럼 이제 뛰어내려 보시지. 보드를 물에 던져놓고 통나무가 아닌 바위에서 점프했다. 통나무만큼은 아니지만 나름 스릴 있었다. 돌양은 뛰어내리는 대신 얌전히 물에 들어와 보드를 잡고 이리저리 헤엄쳐 다녔다. 후훗. 그사이 아이 셋을 데리고 온 가족들, 커플들, 동네 주민들이 쉴 새 없이 나타나 다이빙을 하고, 풀에서 놀다가 사라졌다. 아이들은 뭐가 그렇게 좋은지 뛰어들었다가 금방 다시 올라가 다른 자세로 뛰어내렸다. 어른들이 한두 번 해보고 시시하다고 여기는 일도 아이들은 수십 번이라도 반복해서 한다. 그게 부러웠다. 아홉 살의 마음을 다시 가질 수 있다면, 시계를 볼 필요도 없이 마음껏 현재를 즐길 수 있을 것이다.

나는 통나무 다이빙대에서 첨벙, 첨벙, 또 첨벙, 세 번을 뛰어내렸다. 어제처럼 부끄럽게 기어가지도 않고 팔을 쭉 펴서 균형을 잡은 채 통나무를 걸었다. 하지만 언제나 뛰기 직전은 무섭다. 자유낙하의 순간, 제어하지 못하는 몸과 물에 빠지는 순간, 물에 닿는 피부의 충격이 떠올랐다. 그러나 발을 힘껏 내딛으면 그 모든 공포는 깨끗하게 사라진다. 수만 개의 공기방울과 함께.

펠레의 의자가 있는 곳은 오아후 섬에서 가장 건조한 지역 중 하나다. 풀과 바위가 대부분이고 바람도 많이 분다. 마카푸우 해변과 샌드 해변은 거센 파도가 해변 앞에서 부시지기 때문에 스릴을 즐기는 바니모너늘이 낳이 잦는다. 22번 버스만 운행하고 버스의 종점은 마카푸우 해변이다. 한 정거장 앞에는 하와이 카이 골프 코스가 있다. 와이키키에서 이곳까지의 길은 오아후 섬 중 가장 경치가 좋은 드라이브 코스다.

감상용 바다, 체험용 바다

햇볕은 사람을 피곤하게 만든다. 강력한 자외선 차단 선크림을 발라도 햇볕은 피부를 뚫고 몸속으로 들어가는 것 같다. 어제는 아침부터 펠레의 의자에서, 오후에는 동네 해변에서 놀았더니 늦잠을 자버렸다. 노는 것도 힘든 일이다. 장시간의 햇볕 노출에, 많이 걸어야 하고, 다이빙도 해야 하고, 파도도 타야 한다. 주말에만 노는 게 아니라 매일매일 새로운 곳에 찾아가 놀려니 보통 일이 아니다. 지루하게 일하는 것보다 힘들다.

하지만 멈출 수 없다. 어쩐지 내가 모르는 곳에 기가 막히게 좋은 곳이 숨어 있을 것만 같다. 그래서 여행서를 뒤져 가보지 않은 해변 몇 군데를 가보기로 했다.

카알라와이 해변Kaalawai Beach. 다이아몬드 헤드 주변. 작고 아름다움. 스노클링도 가능함. 오케이.

미국에는 편의점, 철물점, 식당 같은 걸 눈 뜨고 찾아볼 수가 없는, 집만 있는 동네가 있다. 자동판매기? 후훗, 그런 건 정말 귀한 물건이고. 부자 동네일수록 그런 경향이 있는데(길을 걸어다니지 않으니까) 우리가 찾아간 해변이 그런 동네에 있었다. 집 하나하나가 다른 건축양식에다 척 봐도 비쌀 것 같은 집들이 나란히 서 있었다(온통 핑크색 배경으로 헬로키티가 그려진 집도 있었다). 중앙에 공원이 하나 있는데 이름만 공원이지 거기서 놀고 있는 사람은 없었다. 해변의 위치를 알려주는 표지판도 없었다. 해변을 숨기고 자기네들끼리만 사용하는 걸까?

집과 집 사이의 길을 헤매다가 마침내 해변을 발견했다. 백사장은 좁지만 풍광이 아름다운 해변이었다. 해변에 있는 고급 주택들은 모두 정원과 해변 사이에 문 하나를 두고 오가는 듯 보였다. 마치 이 해변이 그들의 또다른 정원인 것처럼. 멀리 파도를 타는 서퍼가 몇 명 보였고 수영을 하거나 스노클링을 하는 사람은 없었다. 물속에 뛰어 들어가 봐도 물고기는커녕 뿌연 모래만 보였나.

아, 이건 감상용 바다, 혹은 집값을 높여주는 부동산 투자용 바다구나.

'전망 최고, 투자 가치 확실함'

하루에 몇 시간 바다를 볼 수 있는 것이 그렇게 가치가 높은 것일까? 아니다. 집값은 실질적인 가격이라기보다는 사람들이 추구하는 욕망의 상대적인 가치다. 대부분의 사람들은 바다 전망을 가진 집에 살아보지도 못하면서 그곳에 살았으면 좋겠다고 생각하기 때문에 집값은 높아진다. 하지만 사람들이 바라는 가치가 과연 나의 가치와 같은지는 생각해봐야 될 것 같다. 나에겐 보이는 바다 따위는 중요하지 않다. 경험할 수 있는 바다가 필요하다. 그런 바다 옆에 살고 싶다.

퀸스 해변에 돌아오니 파도가 난리가 났다. 2미터 정도의 파도가 100미터 전방에서 계속해서 몰려오고 있었다. 바디보더들이 파도에 실려 와르르 밀려왔다가 다시 파도를 향해 헤엄치고 있었다. 돌양은 짐을 내려놓자마자 물에 뛰어들어 연달아 두 번이나 파도를 탔다. 꾼들이 파도를 타고 10미터에서 몸을 트는 반면 아직 초보인 돌양은 끝까지 파도를 타고 해변까지 다다랐다.

문득 부산에 돌아가서도 파도를 탈 수 있을지 궁금해졌다. 해운대는 그나마 높은 파도가 치는데 바디보드를 타는 사람을 본 적이 없다. 해운대에서 바디보드를 타는 즐거운 상상을 해본다. 유유자적하게 손도 흔들어줘야지. 전망 최고인 빌딩에 사는 사람들에게, 역시 바다는 감상용이 아니라 체험용이라는 것을 보여주고 싶다.

바디보드를 타기 적당한 파도가 치는 계절은 겨울이다. 퀸스 해변에는 2월부터 4월까지 높은 파도가 친다. 서퍼들의 천국인 노스 비치도 마찬가지다. 하지만 겨울이 아니더라도 와이키키 해변에서 치는 파도는 연중 변함이 없어 서핑을 배우기에 적당하다.

비가 보슬보슬 내렸다. 장마처럼 쏟아지는 건 아니고, 우산이 없어도 그럭저럭 맞아줄 정도다(이런 걸 레인 샤워Rain Shower라고 한다 정말 샤워 같다).

며칠 전부터 벼르고 있던 마루카메 우동집을 찾았다. 오픈 한 달 전부터 심상찮은 분위기를 풍겼는데, 내부 공사를 하는 중에도 밤늦게까지 요리 수업을 하고 있다든지, 와이키키에서 흔하지 않은 일본식 인테리어라든지, 통유리창을 통해 본 면 뽑는 기계라든지…… 이 모든 것들이 우동을 좋아하는 나로 하여금 기대를 갖게 만든 것이다.

가게 앞으로 긴 줄이 있는 것으로 보아 일단 오픈은 성공적으로 보였다. 주문 방식도 새로워서 1. 우동의 종류를 고르고(붓카케, 카케, 카레우동) 2. 종류에 따라 그릇에 우동을 받은 다음 3. 튀김이나 김밥을 골라 4. 계산을 한 뒤 자리에 가서 앉는 방식이었다. 완벽하게 오픈된 주방에서는 면을 어떻게 뽑는지, 삶는지, 어떤 고명을 얹히는지 차례로 볼 수 있게 되어 있었다. 가격도 저렴해서 돌양과 내가 우동 하나씩을 고르고 튀김과 유부초밥을 추가 했는데도 14달러밖에 나오지 않았다.

밀가루는 일본에서 공수했고 방금 뽑은 면발은 쫄깃, 국물은 담백. 제대로 된 우동이다(하지만 김치나 단무지가 몸서리치게 먹고 싶을 정도로 느끼했다). 손님은 동양인 반, 서양인 반. 백인들은 우동이 뭔지 알고는 있었겠지만 제대로 된 우동은 먹어본 적이 없을 것이다. 열심히 젓가락질을 하는 백인들의 모습을 흐뭇하게 바라보았다.

세계화라는 것은 외국 사람들의 입맛에 맞추는 것이 아니라 제대로 된 자국의 맛을 보여주는 것이다. 제대로만 만든다면 사람들은 제대로 된 맛을 느낄 수밖에 없다. 아, 내가 먹던 우동은 진짜 우동이 아니었구나. 이게, 제대로 된 맛이구나.

돌양은 와이키키에 비빔밥 전문점이 있으면 좋겠다고 말했다. 나물, 고기, 밥을 마음대로 고를 수 있는 뷔페식으로. 나는 냉면과 갈비 세트를 팔고 싶다. 더운 하와이에서 냉면을 팔면 어울릴 거 같다. 아무래도 한국 사람이니까 뜨거운 일본식 우동을 먹으면서 냉면 생각이 나는 것은 어쩔 수 없나보다.

와이키키의 음식은 국적불명이다. 미국 식당과 일본 식당, 베트남 식당 그리고 다양한 바비큐 식당들이 있다. 테이블에 간장병을 쉽게 볼 수 있고 쌀이 주식이기 때문에 미국의 다른 지역보다 훨씬 편하다. L&L이라는 하와이의 맥도날드 같은 프랜차이즈 식당이 있는데 이곳에 가면 하와이 사람들이 주로 먹는 음식이 어떤 건지 대충 알 수 있다. 대부분은 플레이트 런치(밥, 샐러드, 고기나 생선 바비큐)고 로코모코나 사이민도 판다. 하와이안 바비큐 전문점이라고 해놓고서는 일하는 사람들은 죄다 중국인인 경우가 많다.

하나우마 만이 관광객들을 위한 스노클링 천국이라면 샤크 코브 Sharks Cove는 하와이 주민들이 최고로 여기는 스노클링 명소다. 동글이도 가보지 못했다고 해서 그의 차로 함께 가보기로 했다.

지역 사람들끼리만 알고 싶었는지 표지판을 제대로 찾을 수 없었다. 근처에서 멈추기를 서너 번, 사람들에게 물어물어 도착했다. 파도가 살짝 치는 짙은 푸른색의 바다에는 사람들이 스노클링을 하고 있었다. 들어가는 입구에 바위가 많고 파도가 세서 입수가 힘들었는데 조금만 나가니 발이 닿지 않을 정도로 깊었다. 하나우마 만이 산호가 있는 얕은 풀장이라면 이곳은 깊은 어항 같았다. 보드를 가져가지 않았다면 겁이 나서 오래 있지 못했을 거 같다. 보드는 정말 여러모로 유용했다.

5미터가 넘는 수족관에 들어온 기분이 이런 것일까? 물이 깊어서 인지 큰 물고기도 많았고 수백 마리가 떼를 지어 다니는 것도 볼 수 있었 다. 커다란 노란 물고기는 돌양의 노란 오리발을 졸졸 따라다녔는데 아 무래도 노란 오리발을 동료 물고기로 착각한 거 같았다.

동글이는 물에서 나와 우쿨렐레를 쳤다. 며칠 뒤에 한국으로 초청 된 하와이의 우쿨렐레 뮤지션들과 한국에서 공연을 할 거라고 한다. 오, 멋지게 공연하고 무사히 돌아오길!

집으로 돌아가는 길에 와이아루아라는 작은 마을에 들렀다. 옆 마 을인 하일리바가 서퍼들의 집결지라 사람이 많은 반면 이곳은 예전에 설탕공장이 있던 곳이어서 상대적으로 남루해 보였다.

작은 식당에서 사이민Saimin을 먹었다. 사이민은 일종의 국수인데 일본과 중국, 한국과 필리핀의 국수를 뒤섞어서 하와이 스타일로 만든 국적을 알 수 없는 음식이다. 하와이에서 일을 하던 각국의 노동자들이 자기 나라 음식을 만들다 남은 재료로(한국은 김치를 만들고 남은 배추 를, 중국 사람들은 차슈를 넣었다는 이야기가 있다) 사이민을 완성시켰 다고 한다. 낡고 바랜 식당의 늙은 할머니가 만들어준 사이민이지만 맛 은 깔끔했다. 동글이는 하와이안 패스트 푸드점 L&L에서 먹는 사이민보 다 훨씬 맛있다고 했다(맥도날드에도 사이민을 판다는 소문이 있지만 확인해보지 않았다. 다음에 들르면 꼭 확인해볼 것이다).

미국 마트의 종착역이라고 할 수 있는 코스트코에 들러서 이것저것을 샀다. 일요일이라 발 디딜 틈이 없었는데, 물가가 유난히 비싼 하와이에서 대형 할인매장은 그나마 가족 생계비를 줄여주는 곳이 아닐까 싶다. 물론 우리처럼 두 명의 가족이 전부인 사람이, 싸다고 덥석 샀다가는 다 먹기도 전에 상할 것이다. 싸다고 세 통을 묶어 파는 양배추를 사버린 걸 말하는 것이다. 한 개 정도는 버릴 것이 뻔하다. 결과적으로는 싼지 비싼지 잘 모르겠다.

○○○

저녁에는 하와이대 교수인 브라운 아저씨 댁에 초대를 받았다. 그의 집은 대학교 바로 옆 언덕에 있어서 거실에서 와이키키를 한눈에 바라볼 수 있었다. 라나이로 통하는 문을 활짝 열고 와이키키의 야경을 구경하고 있으니 손님들이 한두 명씩 도착했다. 초대 손님은 프랑스에서 온 연구원 두 명(남자, 여자 그리고 여자의 어린 아들)과 브라운 씨의 중국인 친구 한 명 그리고 나의 둘양. 이렇게 여섯 명이었다. 여섯시 반까지 오라더니 손님들이 다 모이자 그제야 요리를 준비하기 시작했다. 아홉시에 식사를 한다는 말이 농담인 줄 알았는데 정말 그때까지 천천히 와인을 마시며 손님들과 이런저런 이야기를 나누었다. 주로 여행과 와인에 관련된 것이었는데 다들 유럽 구석구석을 안 가본 데가 없는 것 같았다. 손님들이 유럽에서 온 분들이라 소재를 맞추려다보니 대화가 그런 방향으로 흘렀겠지만 어쩐지 유럽이 하와이보다 훨씬 문명적인 곳이라는 뉘앙스(역사와 전통이 깊다는 건 이해하지만)가 느껴졌다. 론리플래닛 가이드북을 만든 토니 휠러는 유럽이 너무 답답해서 동남아를 순회하고 호주까지 내려갔다고 했어요, 라고 말할 뻔했다.

오븐에 구운 닭요리가 완성됐을 땐 이미 저녁 아홉시였다. 말 그대로 오븐에 향신료를 뿌린 생닭을 구운 간단한 요리다. 식사의 하이라이트는 닭요리가 아닌 1999년산 동종 와인 중 캘리포니아에서 만들어진 것과 프랑스에서 만들어진 것을 비교해서 마시는 것이었다.

내가 감탄한 것은 와인 맛이 아닌 주인과 손님의 태도였다. 한국에서는 집에서 파티를 하려면 음식을 준비해야 한다는 것부터 잔뜩 스트레스를 받는데, 브라운 아저씨의 파티는 주인이 재료를 준비하면 파티에 모인 사람들이 요리를 도우며 수다를 떨고 요리가 완성되면 그제야 식탁에 앉아 식사를 하는 것이다. 주인이 손님을 위해 희생하지 않고, 또 손님은 주인이 혼자 요리하는 것을 원하지 않는다. 아, 참 합리적이다. 물론 그렇게 하려면 먼저 부엌에 커다란 카운터가 있어야 하고 만드는 음식도 손이 많이 가는 것이 아니어야 하겠지만. 한국에 돌아가면 이런 식의 파티를 해봐야겠다는 생각이 들었다.

적당히 식사를 하고 와인에 취하자 손님들은 개인적인 가족 드라마를 풀어놓았다. 이런 자리에서 작가는 뭔가 흥미로운 이야기를 들려줘야겠지만 사실 나는 사람들의 이야기를 듣고 있는 것을 좋아한다. 잘하면 소설의 소재를 한 건 건질 수도 있다. 이런 식으로 장장 여섯 시간 동안의 저녁식사가 흘러갔다. 집으로 돌아왔을 때엔 열두시가 넘어버려 진이 다 빠져버렸다.

확인해본 결과 하와이의 맥도날드에서는 사이민을 판다. 사이드 메뉴 맨 아래쪽에 있다. 주문해보지는 못했지만 인스턴트 라면 맛이 날 것이다. 하와이 사람들은 사이민을 건강식품이라고 생각하는 것 같다. 초등 급식에 메뉴로 넣었다고.

오후에 동글이가 우리 해변으로 바디보드를 타러 왔다. 바디보드
가 있지만 한 번도 제대로 파도를 타보지 못했단다.

"다른 곳에 갈 필요가 없어. 바로 여기가 가장 좋으니까."

파도는 생각보다 높지 않았다. 그렇다고 완전히 잔잔하지도 않아
서 팔과 다리를 힘차게 젓는다면 탈 수 있을 정도였다. 하늘도 짙은 구름
이 드리워져 있어서 선크림을 바를 필요도 없고, 바람이 약간 불었으나
추울 정도는 아니었다. 돌양이 먼저 바다로 나가고 동글이가 그 다음으
로 나갔다. 나는 언제나 미적거리면서 늦게 나갔다. 짐도 정리하고 준비
운동도 하고.

동글이는 한두 번 실패를 하더니, 큰 몸집에도 불구하고 부드럽게

파도를 타고 있었다. 여유 있게 손까지 흔들면서. 첫날에 파도를 타는 사람이 나뿐만은 아니구나.

동글이가 우쿨렐레 잡지를 만들고 싶다고 한다. 음, 만들고 싶은 마음과 열정은 알겠지만 실제로 종이 잡지를 꾸준히 낸다는 것은 보통 일이 아니다. 이런 말을 하기는 싫지만 돌양과 내가 해봐서 아는데(우리는 《VoiLa》라는 무가잡지를 8년 동안 만들고 있다), 하고 싶은 일과 돈을 버는 일 사이에는 간극이 큰 경우가 많다. 대부분의 예술가는 정반대의 관계다. 상업적으로 성공한 사람들은 왠지 긴밀한 관계를 갖고 있는 것처럼 보이기도 한다. 어쩌면 그런 1퍼센트를 동경하는 것이 함정일 수도 있고, 도전일 수도 있을 것이다. 얼마나 열정을 갖고 있느냐가 문제겠지만. 이런 이야기를 듣고도 만든다면 말릴 생각이 없다. 수많은 반대를 무릅쓰고 출발한다면 박수를 쳐주고 싶다.

저녁에는 동글이가 좋아한다는 사이드 스트릿 인에 가서 맥주를 마셨다. 닭튀김과 갈비 튀김(정말 통갈비를 튀긴다), 정체를 알 수 없는 거대한 볶음밥(김치와 차슈, 햄이 들어간)과 치킨을 먹었다. 특별히 제조했다는 러그Rougue 생맥주 맛도 괜찮있다. 모지 아이스크림까지 디저트로 먹었더니 배가 불러 터질 지경이었다. 이런 식으로 계속 먹는다면 다이어트가 필요한 몸으로 금방 변할 것이다. 하지만 오늘은 파도를 탔으니까, 라고 스스로 위안을 해본다.

오늘은 파도가 거세게 쳐서 하루종일 바디보드를 탔다. 저녁에는
와일라나 커피 하우스의 팬케이크를 먹었다. 돌양은 가끔 이런 밀가루
음식이 먹고 싶단다. 와일라나 커피 하우스는 커피숍이 아니라 다이너
스타일의 레스토랑으로 햄버거, 샌드위치, 스테이크부터 시작해 와플,
팬케이크 등의 아침 메뉴까지 안 파는 게 없다. 들어간 시간이 오후 아홉
시였는데 식당과 연결된 칵테일 라운지에서 가라오케가 돌아가고 있었
다. 다이너에 가라오케 바…… 뭔가, 이상하다. 자리가 없으면 칵테일
바에서 노래라도 부르며 기다리라는 것일까?

　돌양은 무제한 팬케이크, 베이컨, 계란, 커피를 나는 갈비와 볶음
밥, 샐러드 바를 주문했다. 간단히 먹어야겠다는 다짐은 역시 생각이었

을 뿐, 식당에 오면 과식하게 된다.

나이 많은 아주머니들이 웨이트리스라 가족적인 분위기다. 음식에 대해서는 아무것도 모르지만 예쁜 미소만은 확실하게 지어줄게요, 라는 귀염둥이 아가씨보다는 아주머니들이 훨씬 믿음직스러웠다. 게다가 아주머니들은 똑같은 알로하 원피스를 유니폼으로 입고 있다. 저절로 미소가 지어진다.

메이플, 코코넛, 라즈베리 등의 세 가지 시럽에 버터까지 발라먹는 초절정으로 몸에 안 좋은 팬케이크가 나왔다. 샐러드 바엔 김치가 있었다. 볶음밥에는 챠슈가 들어 있고, 정체를 알 수 없는 중국향이 났다. 아니, 음식 전체에 미세하게 중국향이 났다. 분명, 주방장이나 주인이 중국인일 것이다. 갈비와 볶음밥, 김치, 팬케이크를 동시에 먹을 수 있는 곳은 미국에서도 하와이뿐일 것이다.

돌양은 팬케이크를 먹으며 느긋하게 나의 원고를 읽었다. 미국 각 도시 그리고 부산의 하트브레이크 호텔에서 일어나는 이야기를 묶은 연작 소설이다. 초고를 편집자에게 보내주고 도망치듯 하와이로 건너왔다. 돌양이 원고를 읽고 있을 때, 아무렇지도 않은 척하다가노 어느 부분에서 웃거나 이상한 소리를 내면 어디를 읽고 있는지 궁금했다. 창밖을 보니 앰뷸런스와 소방차가 지나갔다. 문득 이런 생각이 들었다. 이 좁은 와이키키에 호텔과 레스토랑, 바를 꽉 채워놓고 우리에게 이상한 실험이라도 하고 있는 것은 아닐까?

주문한 갈비를 하나만 먹고 샐러드로 배를 채웠다. 열두시가 넘었다. 우리는 음식을 잔뜩 남기고 거리로 나왔다. 돌아보니 알로하 원피스를 입은 아주머니들이 우리 자리를 정리하고 있었다. 아주머니들은 와이키키 밖에 있는 집으로 돌아가 '오늘 이상한 손님을 봤어……'라고 가족들에게 말할 것이다. 밥을 먹는 둥 마는 둥 하면서 몇 시간이고 책을 읽더라고. 참, 이상한 커플이야.

와일라나 커피 하우스에 딸린 바에도 해피아워가 있다. 오후 3시에서 5시까지 애피타이저 50퍼센트 할인이다. 하와이의 거의 모든 바에선 본격적으로 바쁘기 시작하기 전, 술이나 안주를 싸게 파는 해피아워가 있다. 어떤 곳은 손님이 빠져나가는 밤 10시 이후에 할인을 해주기도 하고 요일별 할인 메뉴가 있는 곳도 많다. 주당들은 그런 정보를 귀신같이 기억해서 일주일의 메뉴를 짠다.

Day 41
드라마틱한
산행,
마노아 폭포

오아후 섬에서 등산을 한다면 사람들은 첫번째로 다이아몬드 헤드에 갈 것이고, 두번째로는 마노아 폭포Manoa Fall에 갈 것이다. 바다에서만 놀다보면 한국처럼 그늘이 지고 계곡이 있는 산이 그리워지기도 하는데, 그럴 때에는 땡볕이 내리쬐는 다이아몬드 헤드보다 마노아 폭포가 훨씬 낫다. 아무튼 지난번에 실패한 팔리 전망대의 경험을 떠올리며 (등산로 없는 길과 마당에 풀어놓은 공작새) 버스를 탔다. 등산 코스 중 가장 쉽고 쾌적한 마노아 폭포로 향했다.

알라 모아나 쇼핑몰에서 5번 버스를 갈아타고 등산로 입구에 도착했다. 우리 말고도 여자 두 명과 아이 한 명이 마노아 폭포에 가기 위해 내렸다. 동네의 분위기는 지난번과 비슷했다. 밖으로 걸어다니는 사람들은 별로 없고 정원이 잘 가꾸어진 집들이 드문드문 보였다. 동네 전체가 정이품송(자세히 보면 활엽수다)이 빽빽한 산을 배경으로 두고 있어 설악산 입구에 도착한 것 같았다.

전날 비가 오지 않았는데도 땅이 축축했다. 산에서 내려오는 사람들의 운동화에는 진흙이 묻어 있어서 슬며시 걱정이 되었다. 조금 걸어가니 투어 그룹이 안내자의 설명을 듣고 있었다. 그들의 손에는 지팡이가 하나씩 들려 있었다. 아무래도 심상치 않다.

올라가는 데 삼십 분 정도가 걸리는 가뿐한 길이라는 건 알고 있지만 경사가 높은 길인지, 평평한 길인지, 바위가 나타나는지 등의 세부 정보는 모른다. 나는 운동화를 신었지만 돌양은 샌들을 신고 있었다. 다행히 걷기에 힘들지 않은 평평한 길이 이어졌다. 둥치가 큰 거목이 나오다가 갑자기 대나무 숲이 나오고, 나뭇가지가 서로 얽혀 동화에 나올 법한 문도 나왔다. 철로 만들어진 계단과, 미끌미끌한 바위들, 조그만 웅덩이, 이끼가 잔뜩 끼어 있어서 화분에 담으면 금방 분재가 될 법한 작은 바위들도 지났다. 중간에 물기를 잔뜩 머문 진흙길노 있었지만 이리저리 잘 피해서 걸어 올라갔다. 누가 계획적으로 심은 것이 아닐 텐데, 변화무쌍한 수종에 지루할 틈이 없었다.

사십 분쯤 걸었을까? 마침내 폭포에 도착했다. 와르르르 쏟아지는 울창한 폭포는 아니고 높이 100미터 정도 되는 산 정상에서 주르르르 쏟아지는 물줄기다. 폭포 아래에는 목욕탕 크기의 웅덩이도 있어서 사람들은 그곳에 들어가 더위를 식히고 있었다(몸이 잔뜩 젖거나 수영복 차림의 등산객을 보았다). 하지만 보는 것으로 만족. 물에 들어가기엔 스산한데다가 수영복도 준비해오지 않았다. 바위에는 온몸이 땀에 젖은 네 명의 가족이 쉬고 있었다.

　"하와이에 와서 이런 산에 오리라고는 생각 못했어요."

　그중 머리가 희끗한 아빠가 말을 건다. 그의 배는 부담스러울 정도로 동그랗다. 이런저런 이야기를 하면서 쉬고 있는데 중년의 커플이 우리가 올라온 길과는 다른 방향에서 불쑥 튀어나온다. 운동화가 진흙으로 잔뜩 더럽혀져 있다. 더플백을 마치 등산 가방처럼 어깨에 메고 있는 모습이 재밌다. 그러고 보니 한국 사람처럼 등산복과 등산 배낭, 등산 전문 신발을 신은 사람은 아무도 없었다.

　내려갈 때가 올라올 때보다 더 힘들었다. 물기 축축한 진흙에서 잘못하면 미끄러져버리니까. 돌양은 샌들을 신었는데도 흙을 묻히지 않았다며 자랑했다. 해변에 갔더라면 까맣게 탔을 거 같은 맑은 날씨에 습기를 가득 머문 나무들 사이로 왕복 두 시간 정도의 등산을 끝냈다. 한국의 산에선 소나무가 뿜어내는 상쾌하고 알싸한 향을 느낄 수 있는데 이곳의 향은 달짝지근했다. 등산을 좋아하지 않지만 이 정도로 가뿐하고 다양한 나무와 폭포, 계곡을 볼 수 있는 코스라면 가끔씩 할 수 있을 것 같다.

내려오는 길에 핫도그, 쉐이빙 아이스를 판다는 카페로 들어가 보았다. (지금은 사라진) 파라다이스 파크의 입구였는데 입장권 판매소는 모두 문을 닫고 카페만 운영하고 있었다. 예전에 식물원이었다고 하나 1994년에 문을 닫았고 하와이대학이 사들여 식물 연구 센터를 지을 예정이라고 한다. 꽃무늬 모양의 촌스러운 의자 몇 개와 예전 이곳의 모습을 보여주는 흑백사진도 보였다. 미국 드라마 〈로스트Lost〉에도 등장했다는 이곳에는 다양한 식물뿐만 아니라 새들을 볼 수 있었고, 새들이 출연하는 쇼도 인기가 있었다고 한다. 지금도 폐허로 남은 큰 새장이 있다고 하는데 들어가보지 못해서 아쉬웠다. 문을 닫은 공원에 오면 어쩐지 마음이 애잔해진다. 누군가의 즐거웠던 추억이 폐허 속에 사라진 것 같으니까.

돌양은 식물들을 설명해놓은 책을 뒤적기렸다. 한참 뒤에 점원을 겸한 관리인처럼 보이는 남자가 허둥지둥 나온다. 와서 내가 손을 댄 책 (오아후 트레킹 매뉴얼)의 칭찬을 잔뜩 한다. 오아후 등산의 결정판이라고. 책을 살까, 핫도그를 먹을까 고민하다 다른 손님이 오기에 슬쩍 빠져나왔다.

○○○

저녁에는 또, 동글이와 파도를 탔다. 저녁 여섯시에 모여 해가 질 때까지 서너 번을 파도에 휩쓸렸다. 어제보다는 거칠지 않았지만 기다리다보면 괜찮은 파도들이 밀려 내려왔다. 물론, 바다 밖으로 나오면 더 좋은 파도들이 밀려오는 것은 여전하지만.

바다에서 나오기 힘든 것은 마지막으로 탈 파도를 기다릴 때다. 그냥 헤엄쳐서 해변으로 나온다면 억울할 것 같아서 큰 파도를 기다리는 것이다. 하지만 좀처럼 완벽한 파도는 오지 않는다. 아마, 그것이 돌양이 해가 지고 나서 한참 뒤에나 바다에서 나오는 이유일 것이다.

오아후 섬에서 가장 쉬운 등산 코스(라고도 말하기에 부끄러운)는 마노아 폭포, 다이아몬드 헤드, 마카푸우 등대 코스다. 동쪽의 병풍처럼 둘러싼 산에는 다양한 등반 코스가 있다. 그중에서 섬의 가장 높은 곳까지 올라가는 가장 힘든 코스가 올로마나Olomana 트레일인데 주차장부터 4킬로미터 정도만 걸으면 된다고 하지만…… 뾰족한 산등성이의 경사가 급하다고 들어서 엄두를 내지 못했다. 한국의 아저씨들은 이런 봉우리쯤이야 가볍게 올라가겠지!

아침부터 비가 쏟아졌다. 보통은 3~40분이면 멈추지만 이번엔 장마처럼 비가 쏟아졌다. 맞은편 아파트에서는 처량하게 바이올린 소리가 들려왔다. 우리 아파트는 조용한 편인데, 맞은편 아파트는 TV소음, 싸우는 소리 등 언제나 시끄러운 아파트다. 경찰이 왔다갔다하는 모습도 가끔씩 보았다.

우리집에 일주일 정도 머물던 경누님이 오늘이 하와이에서의 마지막 날이라, 돌양과 함께 바다로 가기로 했다. 학회에 참석하느라 바쁜데다 펄 하버 같은 곳에만 갔지 바다에는 한 번도 들어가지 않았다고 해서 돌양이 끌고 나간 것이다. 둘은 바다로 나가고 나는 와이키키 도서관으로 향했다.

　와이키키에 도서관이 있으면 좋겠다고 생각을 했는데, 지난번에 산책을 하다가 알라와이 대로 동쪽 끝에서 도서관을 하나 발견했다. 단층에 창고처럼 생긴 건물이라 표지판이 없다면 도서관인 줄 몰랐을 거다. 관광객을 위한 도서관은 아닌 것 같고 근처에 사는 주민들을 위한 도서관처럼 보였다. 나는 항상 해변 한가운데 도서관이나 서점이 있으면 얼마나 좋을까 생각하는데(해운대에는 여름 도서관이 해변 한가운데에 있다), 다들 내 마음 같지 않은가보다.

　입구 게시판에는 동네 행사와 세금 신고 안내, 어린이 책 읽기 행사 시간 등이 적혀 있었다. 저렴한 가격으로 파는 책들과 무료로 나누어주는 과월호 잡지도 있었고. 도서관 내부는 어린이 책 코너나 주제별 열람실로 나누어지지 않고 뻥, 하고 하나의 공간으로 합쳐져 있었다. 몇 시간이고 책을 뒤적거릴 수 있지만 점심시간이 되어 도서관을 나왔다.

　조용히 지내던 경누님은 올 때처럼 조용히 방을 비웠다. 일주일이나 있었는데 얼굴이 기억나지 않았다. 돌양은 경누님이 (자신이 사랑해마지 않는) 미 바비큐에서 생선가스를 시켜서 실망했단다. 새로운 것을 시도해보는 것을 싫어하는 사람도 있다. 하와이에 와서 물에 몸도 담그지 않는 사람도 있는데 뭐. 노는 재미가 별 것 아니라고 생각하는 사람은 어른이라기보다는 아이의 즐거움을 빼앗겨버린 사람이 아닐까? 나도 해야 하는 일, 달성해야 하는 것들에 심취해서 노는 법을 잊어버릴 때가 많았다. 시간이 생겨도 무얼 해야 재미있는지 모르는 것이다. 다행히, 하와이에 와서 노는 법을 배우고 있는 중이다. 이렇게 대책 없이 놀아도 되는 것인가, 하고 죄책감이 들기도 하지만.

ㅇㅇㅇ

와이키키의 유일한 약국에 들어가서 한참을 쭈뼛거렸다. 해파리에 물렸을 때에도 이곳에 약을 사러 왔는데 이번에는 좀더 심각한 이유 때문이다. 가격 차이에 따라 성능이 과연 다를까? 일단 중간쯤 되는 가격의 그것을 사고 후다닥 집으로 달려왔다. 돌양에게 그걸 건네주었다.

한참을 화장실 밖에서 기다렸다.

"이게 제대로 된 결과인지 좀 봐줘."

사용설명서에 있는 그림을 몇 번이고 비교해봐도 확실했다. 우리에게 '아이'가 생긴 것이다.

그러나 발을 힘껏 내딛으면

그 모든 공포는

깨끗하게 사라진다.

수만 개의 공기방울과 함께.

Day 43
오아후
동남부 일주
드라이브

동글이가 한국으로 우쿨렐레 공연을 간 약 일주일 동안 우리에게 차를 맡기기로 했다. 그도 거리에 차를 방치하지 않아서 좋고, 우리는 공짜로 차를 운전할 수 있고, 공항에 데려다줄 수도 있으니 서로 좋을 것 같았다. 내가 그 차로 사고를 내지 않는다면 말이다. 보험을 내 앞으로 든 것도 아닌데 이 녀석은 뭘 믿고 차를 맡긴단 말인가? 나의 운전솜씨를 잘못 알고 있는 게 틀림없다.

한국에서도 나는 차가 없고, 되도록 운전을 하지 않으려고 한다. 집 혹은 집 근처가 글을 쓰는 공간이라 굳이 차가 필요 없다. 여행을 갔을 때 어쩔 수 없는 경우에만 운전을 하는데 가령 지난번에 일일 관광 가이드를 했을 때나, 빅 아일랜드와 마우이처럼 버스가 다니지 않다거나, 몇 해 전 마이애미에서 키 웨스트Key West까지 자동차로 여행을 했을 때 정도다.

동글이를 보내고 공항을 나서는데 이제 열흘 후면 우리도 하와이를 떠난다는 사실이 떠올랐다. 이제야 이곳이 내 집 같은데 떠나야 한다니, 억울한 마음이 들어버렸다.

000

새로운 손님이 왔다. 삼박 사일 동안 네 명의 한국인 여자들이 싱글 침대가 두 개뿐인 방에서 묵겠단다. 침대가 작아서 힘들 것 같은데 상관없다고, 하와의 방문 목적은 쇼핑이니까 짐만 안전하게 맡길 수 있으면 된단다. 어디에서 쇼핑을 해야 하냐고 묻길래, 일단 오늘 하루는 와이키키를 돌아보라고 했다. 와이키키 자체가 커다란 쇼핑몰이니까. 어떻게 아무런 정보도 준비도 없이 달랑 작은 수트케이스 하나씩만 들고 하와이에 올 수 있는 것인지, 그것도 이십대 젊은 여자들이!

손님을 받은 뒤, 우리는 차를 몰고 떠났다. 운전은 한결 조심스러워졌다. 이젠 우리 둘이 아니라 세 명의 생명이 타고 있는 거니까. 신기하고, 걱정도 되고 복잡한 기분이 들었다. 아이를 갖는 문제에 대해서 서로 심각하게 의논해본 적이 있었다. 결론은 우리가 마음이 편안할 때, 그때다 싶을 때 갖기로 잠정적으로 합의를 했었다. 우리는 하와이에 와서 그때가 바로 지금이라는 생각이 들었고, 그 생각엔 논리나 이성적인 계획 같은 것은 들어 있지 않았다. 아직 백 퍼센트 확신할 수 없지만 우리는 앞으로 아이가 될 수도 있는 이것에게 '마우이'라는 이름을 지어주기로 했다. 아무래도 마우이의 달빛이 준 선물 같아서.

∘∘∘

맨 처음 도착한 곳은 팔리 전망대. 지난번에 지도에도 없는 길을 따라가려다 돌아온 곳이다. 이번엔 가뿐하게 차를 몰아 전망대까지 왔다. 1795년 하와이를 통일하기 위에 카메하메하 왕이 이곳을 공격했고 이곳을 방어하던 많은 병사들이 절벽으로 떨어져 죽었다. 이후, 고속도로 공사를 하던 중 전쟁 때 희생된 수많은 유골들이 발견되었다고 한다. 호놀룰루에서 동쪽으로 가기 위한 지름길이기도 하고, 유난히 바람이 많이 부는 곳이기도 하다.

"밤에 이곳에 캠핑을 하면 말이야, 죽은 병사들의 영혼을 볼 수 있어."

안내 요원이 심심했던지 말을 걸었다.

"지금은 캠핑이 금지됐지만 젊었을 때엔 다들 그러고 놀았거든.

밤에 푸르스름한 불빛을 봤다고."

농담인지 진담인지 모르겠다.

팔리 전망대에서는 오아후의 동북쪽을 파노라마로 볼 수 있다. 산 아래 골프장과 식물원이 보이고 카일루아의 바다도 시원하게 보였다. 이런 경관은 사진으로 도저히 담을 수 없다. 아래쪽에는 출입금지 표시가 되어 있는 예전 고속도로가 있는데 그 길을 따라 아래로 내려가는 트레일 코스가 있다. 기회가 되면 한번 걸어보고 싶다. 유령이 나타나지 않는 대낮에.

고속도로를 타니 금방 카일루아에 도착했다. 예전에 버스를 타고 한 번 와보았던 마을이다. 라스베이거스에 가고 싶다던 아주머니가 운영하는 기념품 가게를 지나쳤다. 구세군 중고 물품 가게에 들러 버스 기사들이 입는 알로하셔츠(버스와 하와이 풍경이 정교하게 프린트되어 있다)를 찾아보았지만 없었다. 근처 도서관에는 중고 도서를 판매하고 있었는데 웬만한 열람실 하나 정도 되는 크기에 많은 책들을 보유하고 있었다. 돌양이 고른 고양이 올 컬러 백과사전은 1달러, 조류도감은 50센트. 책값이 비싼 미국에서 이런 가격에 책을 살 수 있다니, 조금 더 오래 있으면 감당할 수 없을 만큼 책을 살 것 같아 서둘러 빠져나왔다.

라니카이Lanikai 해변에 들러 물놀이를 하고, 근처 쇼핑몰에서 테이크아웃 스시로 저녁을 때운 뒤에 남동쪽으로 내려가 마카푸우 해변을 지나갔다. 해가 뉘엿뉘엿 지는데도 엄청난 파도를 타는 바디보더들을 보았다. 언제쯤 저런 곳에서 파도를 탈 수 있을까?

집에 오는 길은 깜깜했다. 차가 있으니 하루 동안 여러 곳을 돌아볼 수 있었지만, 한 번씩 가본 곳이라 큰 감흥은 없었다. 와이키키로 오는 내내 주차를 할 수 있을지 걱정했다. 나는 운전도 서툴지만 주차(그것도 평행 주차)는 더더욱 서툰 것이다. 웬일로 알라와이 대로에 내가 주차할 수 있는 충분한 간격의 자리가 딱 하나 있었다. 주차도 하기 힘든 이곳에 어떻게 이런 행운이!

카메카메하가 하와이의 섬을 통일한 것은 불과 1810년의 일이다. 서양 문물이 급격히 들어오고 미국 선교사들을 필두로 경제권이 박탈당하면서 1898년 하와이는 미국 영토로 흡수되었다. 미국의 59번째 주가 된 것은 1959년이다. 정식으로 미국이 된 것이 고작 50년 전이라는 말이다. 누가 이 땅의 주인인지는 애매하다. 급격히 감소한 하와이 원주민일 수도 있고, 이 땅에서 열심히 일한 노동자들일 수도 있고, 대량으로 땅을 사버린 일본인들일 수도 있다.

아침에 주차를 해두었던 알라와이 대로로 걸어갔다. 그런데 뭔가 이상했다. 거리에 주차한 차가 한 대도 없는 것이다. 그렇게 빽빽한 간격으로 차를 세워 두었던 곳인데 어떻게 한 대도 없이 깨끗하지? 처음엔 눈을 비볐다가, 이게 무슨 꿈인가 했다가, 곧이어 내 차도 없다는 걸 깨달았다. 주차를 해둔 곳은 지난밤 강력 사건이라도 일어난 것처럼 텅 비어 있다. 혹시, 차를 도둑맞은 건가? 너무 비현실적이다. 한동안 멍하니 넋이 나가 주차가 되어 있던 곳에서 서성거렸다. 다른 차들도 없다면 이유가 있을 것이다. 주위를 두리번거리다 기둥에 붙어 있는 빨간 표지판을 봤다.

'거리를 청소하는 날은 주차 금지. 월요일과 금요일 오전 8시 30분에서 11시 30분 사이.'

오늘은 금요일이다.

그리고 문득 든 생각, 아! 견인 당했구나. 미국에는 거리를 청소하기 위해 주차 금지 시간이 지정되어 있는데 그걸 미처 확인해보지 않았다. 밤에 주차를 해서 가로등마다 적혀 있던 주차 금지 시간 안내를 보지 못한 것이다. 주차 공간을 찾아낸 것만으로도 기적이라고 생각했지만 그 기적이 오늘 아침에 재앙이 되어 날아왔다. 견인을 했으면 무슨 통지서라도 남겨둬야지 아무것도 없이 깨끗이 차는 증발되어버렸다. 머리를 쥐어뜯고, 욕을 뱉고, 한탄을 해봐도 사라진 차가 나타나지는 않았다. 정말 바보다. 왜 그런 걸 생각하지 못했을까? 2미터 간격으로 빨갛게 표시된 특정 요일 주차 금지 안내를 왜, 왜, 왜 보지 못했을까? 자자, 진정하고, 이제 어디로 차를 찾아가야 하는 걸까? 차를 도둑맞은 것보다는 훨씬 나은 일이니까(이런 식으로 더 안 좋은 경우로 스스로를 위안하는 버릇이 있다), 차를 찾으러 가자.

원래는 노스 쇼어로 가려고 했던 일정을 바꾸어 일단 집으로 돌아왔다. 인터넷을 뒤져 호놀룰루 교통국으로 전화를 거니, 911로 전화를 걸란다. 그것도 비응급 호출Non-Emergency Call로. 저기요, 저는 비상상황인데, 비상상황이 아닌 전화를 하라는 게 도대체 무슨 말씀입니까? 전화를 받은 여자도 별 것 아니라는 투로 말한다. 너 같은 멍청이가 오늘 몇 명인 줄 알아?

아무튼 생애 처음으로 자동차를 견인 당하고, 911에 전화를 해보니, 견인회사 전화번호를 알려준다. 전화를 받은 사람은 앞서 전화를 건조하게 받은 여자보다 지나치게 유쾌했다. 아마도 이곳에 전화를 건 대부분의 사람들은 당황하고 있거나 굉장히 화가 나 있을 것이다.

"견인비 160달러를 현금으로 가져오면 돼."

벌금은 따로다. 돈 이야기부터 하니까 유괴된 아이의 몸값을 말하는 것 같다. 직접 찾아와야 하는데 그게 또 한참이나 먼 공항 근처다. 돈이야 내면 그만이지만(눈물겹게 아까운), 내가 진짜로 걱정하는 것은 혹시 내가 차주가 아니라는 이유로 차를 돌려주지 않으면 어쩌나 하는 것이었다. 자동차 열쇠가 내가 가진 이 차에 대한 소유 증명이다. 그 차가 등록된 운전면허증은 내 것이 아니라 동글이의 것이다. 신분증이 있는 주인만 돌려받을 수 있다고 한다면 동글이가 돌아올 다음주 수요일까지 차를 견인 주차장에 두어야 할 것이다.

버스를 타고 견인차가 보관된 곳을 찾아갔다. 말한 대로 공항 외곽의 공업지역이라 사람이 얼씬도 하지 않는 황량한 곳이었다. 창고나 물류 보관소, 자동차 폐차장 등. 말썽을 피운 아들을 찾으러 갱단이 사는 곳에 찾아온 아빠 같은 기분이 들었다. 잠시만 기다려. 내가 구해줄 테니.

결과적으로, 차는 돌려받을 수 있었다. 신분만 확실하면 차를 찾는 것은 그다지 문제가 되지 않는 것 같았다. 견인 업체에서 일하는 사람은 활달한 성격의 흑인 아저씨였다. 차가운 에어컨의 냉기가 창구까지 흘러나오는 작은 사무실 안에 앉아 있었다. 차종을 말하니 나를 금방 알아봤다.

"좀 전에 전화했던 사람이지?"

간단한 서류를 작성하고 견인비를 건넸다. 돈을 건넬 때에 돈에 키스를 하고 건네주자 키득키득 웃어댔다. 벌금 50달러 청구서도 선물처럼 와이퍼에 끼워져 있었다.

자동차를 찾아서 다행이지만 내가 바보같이 느껴져서 견딜 수가 없었다. 가로등마다 달려 있는 빨간 표지판을 왜 보지 못했을까? 주차에 성공했다는 생각에 다른 건 둘러볼 틈이 없었던 것이다.

조금 늦기는 했지만 차를 타고 북쪽 해변으로 출발했다. 지난번에 갔었던 샤크 코브에서 스노클링을 하고(파도는 약했지만, 물고기도 적었다), 최북단에 있는 터틀 베이 리조트에서 스노클링도 했다(날씨가 흐려 그리 예쁘지는 않았다. 거북이는 보지 못했다). 저녁에는 헤일리바 해변에 들러 석양을 구경했다(짙은 구름 사이로 간간이 내비치는 황금빛 물결 그리고 이리저리 돌아다니는 거북이를 보았다). 돌아오는 길에는 워드 쇼핑센터에도 들렀다. 차를 잃어버리고 다시 찾은 황망한 날이어서 제대로 즐기지도 못했다.

알라와이 대로에 또 기적적으로 주차를 했다. 이제 평행 주차도 별로 어렵지 않다. 내일은 토요일이니 도로 청소 따위는 하지 않으니까 걱정하지 않아도 된다. 하지만 차를 세워놓고도 계속 불안한 건 어쩔 수 없었다. 우리 콘도는 지하 주차시설이 없어서 고작 네다섯 대밖에 주차할 수 없다. 관리인 아저씨에게 물어봤지만 꿈도 꾸지 말라는 답변을 들었을 뿐이다. 흐음, 낯선 길가에 차를 세워두고 잠이 드는 것이, 이런 기분이구나. 슬슬 차가 없던 시절로 돌아가고 싶은 마음이 들었다.

와이키키에서 공짜로 주차하는 건 기적에 가깝다. 알라와이 대로와 카피올라니 곰원 몇몇 한적한 길가에 가끔 자리가 날 수 있다. 수자료 징수기가 있는 곳에는 몇 시간 정도 세워둘 수 있고, 쇼핑센터 등에 주차권을 받아 저렴하게 주차할 수도 있다. 하루 정도 주차를 하는데 최소한 15달러, 많게는 30달러 정도가 들고 호텔에 묵고 있어도 주차비는 따로 청구된다. 느릿느릿 움직이고 차에 신경 쓰지 않는 관광객들도 주의해야 한다. 결국, 와이키키에서는 차를 몰고 다니는 것 자체가 고통이다.

우리는 하와이에 와서

그때가 바로 지금이라는

생각이 들었고,

그 생각엔 논리나

이성적인 계획 같은 것은

들어 있지 않았다.

　　이틀 동안 차를 몰고 열심히 놀았기 때문에, (게다가 견인도 당해
봐서) 토요일은 얌전히 차를 주차해놓고 집 근처에서 놀기로 했다. 아침
에 일어나니 민박하러 온 여자 네 명은 쇼핑을 하러 이미 나갔다. 어제는
다 같이 여름옷을 사 입고 변신한 뒤 하나우마 만에서 열심히 놀았단다.
새벽에는 밤새 수다를 떨고 오늘은 또 쇼핑이다. 아, 정말 열심히 노는구
나. 젊다는 건 저렇게 놀아도 피곤하지 않는 거구나. 알고 보니 이들은
외국 항공사의 스튜어디스들이다. 동기들끼리 공짜 비행기를 타고 처음
으로 하와이에 휴가를 온 것이다.

아침에 산책 겸 차를 살피러 갔다. 당연히 알라와이 대로에, 어제 주차해둔 곳에 차가 서 있었다. 오늘은 토요일이니까 견인을 당할 리가 없다. 거리를 청소하는 날은 월요일과 금요일 오전 8시 30분에서 11시 30분이라는 표시를 다시 한번 확인했다. 원래는 다이아몬드 헤드 주변을 살펴볼까 했다. 그러나 퀸스 해변에 파도가 하나도 없고 물이 너무 맑아 우리 해변에서 놀기로 했다.

돌양이 물고기를 많이 봤다고 하기에 나도 들어가보았다. 구름이 많이 끼어 있어서 바다는 춥게 보였지만 물에 들어가니 금방 적응이 되었다. 물 바깥보다 물속 온도가 약간 높아서 따뜻했다. 파도가 치지 않아 물속이 다른 때보다 깨끗했다. 이런저런 물고기를 보다가 깜짝 놀랄 만한 것을 봤다. 팔뚝만한 뱀장어가 바위 속에서 고개를 빼꼼히 내밀고 있지 않은가. 구물거리면서 나오는 걸 보니 6~70센티미터 정도로 길다. 보통 장어보다 굵기가 네다섯 배는 되고 얼굴은 험악하게 생겼다. 성격 나쁜 조폭 아저씨의 얼굴이라고나 할까? 말로만 듣던 곰치다. 너를 구워 먹으면 무슨 맛일까? 이런 생각을 하니 녀석이 나를 공격할 것 같은 느낌이 들었다. 하지만 몸을 구불구불거리며 제 갈 길로 사라졌다.

구름 사이로 해가 나오면서 노을이 졌다. 세상에서 가장 아름다운

노을 중의 하나는 이렇게 바다에 둥둥 떠서 보는 노을이다. 오늘 하루도 잘 놀았구나 하면서 보는 노을 말이다. 서퍼들도 파도타기를 멈추고 노을이 지는 걸 멍하게 바라보고 있다. 우리도 이제 구불거리며 집으로 돌아갈 시간이다.

물고기의 색깔은 보호색의 역할을 한다. 곰치|Moray eel 같은 경우 바닥의 구멍을 드나들기 때문에 바위 색깔이 나고, 열대어들은 화려한 산호들 사이에 살기 때문에 색깔도 화려하다. 곰치는 눈이 나빠서 사람이 만지면 먹이인 줄 알고 물어버릴 수도 있단다.

　스튜어디스 아가씨 네 명이 방을 비웠다. 쓰레기를 다 치우지 못
해서 죄송하다고 했지만 빈 쇼핑백 말고는 치울 것이 없었다. 얌전히 차
곡차곡 포개어 놓은 쇼핑백과 떼어낸 태그, 포장지들을 보니 피식, 웃음
이 나왔다. 요즘 젊은 여성들이 어떤 브랜드를 좋아하고 그것의 가격대
는 얼마인지 대충 짐작할 수 있었다. 생각보다 비싸지 않은 것도 있고,
비싼 것도 있었다. 방값을 아껴가며 정말 열심히 쇼핑했구나. 구두 한 켤
레 값이면 넓은 방에서 지낼 수 있었을 텐데…… 민박집 주인장과 꼭 이
야기하란 법은 없지만 보통은 이것저것을 물어보기도 하는데 이 아가씨
들은 너무 지기네들끼리 열심히 놀다가니 좀 아쉬웠다. 다 같이 클럽에
라도 갔으면 남자들의 눈이 휘둥그레졌을 텐데. 나는 멋진 여자 네 명과

함께 온 행운의 사이가 되어 클럽의 모든 남자들의 시샘을 받았을 것이다.

ooo

와이키키 서쪽의 카헤 해변Kahe Beach Park에 가기 위해 길을 나섰다. 가이드북과 웹사이트에서 추천한 스노클링의 명소다. 오아후 섬의 서쪽 지역은 몇몇 해변이 있을 뿐 관광지라고 할 만한 것이 없다. 카일루아가 있는 동쪽 지역에 비해 인구도 적고 소박한 사람들이 산다. 북쪽 해안은 서퍼들의 천국이라 히피스러운 분위기가 물씬 나고.

한 시간쯤 달려 도착했는데, 휑한 절벽과 깊고 넓은 바다밖에 보이지 않았다. 백 미터 정도 떨어진 바다 한가운데 두 명이 스노클링을 하고 있고 두 명의 다이버들이 온갖 장비를 들고 잠수할 준비를 하고 있는 것으로 보아 여기가 맞는 거 같은데 말이다.

바다를 마주보고 거대한 발전소가 있어서 무슨 공업지역 같은 분위기도 났다. 바다에서 나오는 사람들에게 물어보니 물결이 소용돌이치는 부분을 가리키며 그곳에 물고기가 많다고 한다. 그때까지도 약간 의심을 했다. 과연 여기에 물고기가 많을까? 그들이 가리킨 곳은 해변과 꽤나 떨어진 곳이었다. 해변이라고 해봤자 발전소 앞의 아담한 모래사장이 전부고.

우리는 보드를 잡고 천천히 앞으로 나아갔다. 가는 도중에 돌양이 바닷속을 가리켰는데 작은 거북이가 헤엄치고 있었다. 바다는 점점 깊어져서 5~6미터가 훌쩍 넘어갔다. 물속을 보며 천천히 헤엄을 치다보면 우주선을 타고 다른 별 위를 떠다니고 있는 기분이 든다. 산호와 바위는 대륙이고 해초는 풀숲이다. 작은 물고기들이 산호 사이로 여기저기 보였다. 여기까지는 뭐, 다른 곳에서도 흔히 볼 수 있는 물속 풍경이다.

슬금슬금 어디선가 배가 한 대 나타나 사람들을 풍덩풍덩 내려주었다. 관광객을 잔뜩 실은 크루즈 보트다. 저기구나! 우리는 그들이 있는 곳으로 헤엄쳐 갔다.

아, 이런.

충격에 빠졌다. 내가 본 그 어떤 바다보다 물고기의 밀도가 높았다. 깊이도 6미터에서 10미터는 족히 될 것 같았는데 마치 63빌딩 수족관에 나를 빠뜨린 것처럼 물고기들이 회오리를 치면서 돌아다녔다. 노란 줄무늬고기가 수백 마리, 아니 수천 마리는 되는 것 같았다. 문득 이곳의 이름이 일렉트릭 해변이라는 게 생각났다. 아, 공장같이 생긴 곳이 화력 발전소구나. 발전을 한 뒤의 따뜻한 물이 이곳 비다 한가운데의 파이프에서 뿜어져 나오는 것이다. 그 물 때문에 소용돌이가 생긴다. 안으로 들어가는 소용돌이가 아니라, 밖으로 빠져나가는 조금 이상한 소용돌이가. 산호와 수초가 송수관 주위에 잔뜩 있어서 물고기들이 그것을 뜯어 먹고 있었다. 나를 해칠 리가 없는 작은 물고기지만 그것이 떼로 모여 있으니 조금은 무서웠다. 구름에 가린 햇빛이 짠하고 바다를 비추자, 물고기들의 작은 비늘들이 물속에서 일제히 반짝거렸다. 도대체 여긴 어디고 난 누군가!

원래는 다른 곳을 가보려고 했는데 간단히 점심을 먹고 다시 들어가보기로 했다. 해가 점점 나오고 있어서 반짝거리는 물고기들도 멋있을 것 같았다. 두번째 입수는 첫번째보다 힘들었다. 힘이 빠진 것도 있고, 핀의 오른쪽이 살짝 걸려서 피부가 아프기도 했다. 그리고 파이프 물이 나오는 주변의 해류 때문에 몸이 슬슬 왼쪽으로 밀려가서 겁이 나기도 했다. 한참을 저어도 계속 왼쪽으로 밀려가는 것이다. 돌양은 커다란 가오리Eagle Ray와 수백 마리의 작은 정어리 떼를 보았다며 신나 했지만, 일단 이곳에서 빠져나가는 게 급했다. 하마터면 망망대해에서 해류에 휩쓸려 어디론가 쓸려가버릴 것만 같았다. 겉으로는 웃었지만 속으로는 있는 힘을 다해 팔과 다리를 저었다. 별 탈 없이 빠져나오긴 했지만, 진이 빠져버렸다.

수백 마리의 물고기를 보니 더이상 스노클링을 하고 싶지 않았다. 하지만 그 생각은 금방 변하겠지. 집으로 돌아와서 인터넷을 검색하고 있는 걸 보니 아마도 내일도 다른 곳에 가겠지. 우리는 아무 장비 없이 그저 물속을 들여다보는 것뿐이지만 스킨스쿠버를 하는 사람들의 심정을 이해할 수 있을 것 같았다. 바다의 바깥과 바다 속은 너무 다른 세상이고, 그 속의 기이한 경관을 한 번이라도 봤다면 다시, 또다시 들어가서 구경하고 싶을 테니까. 유혹은 위험이 따르더라도 굴복할 수 없는 것이다.

오아후 섬에는 스쿠버다이빙을 할 수 있는 곳들도 많다. 그중 일렉트릭 해변은 초보들도 쉽게 해변으로 입수할 수 있는 곳이다. 가장 유명한 곳은 YO-257(배의 이름)로 오래된 해군 유조 선박을 바다에 침수시켜 산호와 물고기들을 불러들였다. 관광용 잠수함을 타면 이곳을 지나간다.

아침에 일찍 일어나서 차를 빼야 했다. 오늘은 알라와이 대로의 청소 날이기 때문이다. 평소에도 8시 전에 일어나기 때문에 보통 때와 마찬가지로 일어나 차를 빼면 되지만 신경이 쓰여서 그런지 알람시간이 되기도 전에 일어났다. 여덟시쯤 나가보니 몇몇 차들은 이미 빠져나가 있고, 우리 차는 얌전하게 세워져 있었다.

돌양이 뿔이 났다. 내가 자동차 문을 세게 닫았다는 것이 표면적인 이유였지만 오늘은 우리 동네에 있고 싶다는 것을 억지로 끌고 와서 그랬는지도 모른다. 아니면 호르몬의 영향일 수도. 미안하다고 했는데도 정확히 뭐가 미안한지 모르겠다. 여자가 화를 내는 정확한 이유를 남자는 영원히 알 수 없을 것이다.

와이메아Waiema 해변 공원으로 향했다. 북쪽에 있는 해변 중 가장 아름답고, 안전한 해변이라고 한다. 파도가 높이 이는 한겨울에는 파도를 타기 위해서 사람들이 몰려오는 곳이기도 하다. 하지만 도착하자마자 가랑비가 내렸다. 비가 그치면 다시 오기로 하고 근처에 있는 헤일리바Haleiwa로 갔다. 돌양의 얼굴은 좀처럼 풀어지지 않았다.

고속도로를 지나칠 때 헤일리바의 예쁜 간판이 눈에 들어왔다. 한쪽은 마을 이름에 서핑을 하는 여자아이가, 반대쪽은 남자아이가 부조로 조각되어 있다. 이 마을 간판은 몇 번 도난당한 적이 있는데(이걸 집에 걸어놓거나 이베이에 팔려고 한 사람은 하와이 신령들의 저주를 받을 것이다), 이곳을 사랑하는 귀머거리 일본 조각가가 자신의 휴가를 반납하고 이곳의 간판을 새로 만들어주었다고 한다. 마을에서 감사패를 줬을까? 물론 그런 걸 받으려고 일한 건 아니겠지만. 세상에는 아직도 사랑하는 일이라면 무엇이든지 하는 사람들이 있다. 그런 사람들 때문에 세상은 조금씩 재밌어진다.

마을 간판 앞에 차를 세워 사진을 찍었다. 그리고 예전에 몇 마리의 거북이를 발견했던 해변 공원으로 갔다. 주로 가족 피서객들이 모여 이리저리 돌아다녔지만 척 보기에도 파도가 없는, 안전하지만 심심한 바다였다. 거북이도 심심해서 다른 곳으로 산책을 나간 것 같고. 그래도 스노클링을 하러 들어가는 여자가 한 명 있었다. 한쪽 손에는 어린 아들의 손이 쥐어져 있다.

"오늘 바닷속은 어떤가요?"

"쓰리 테이블에 갔다가 파도가 높아서 이곳으로 피신 왔어요. 그곳이 참 좋은데. 북쪽으로 조금만 가면 돼요."

ooo

바다는 단념하고 마을을 둘러보기로 했다. 서퍼들의 고향이라고 불리는 할레이와는 몇 번 지나가봤지 제대로 살펴볼 기회가 없었다. 마을, 이라고 해봤자 몇 블록 안 된다. 남쪽으로 약간 내려가니 유명한 마츠모토 빙수Shaved Ice 가게가 나왔다. 하와이 빙수계에선 역사와 전통을 자랑하는 가게다. 이름에서 알 수 있듯이 마츠모토라는 일본인 할아버지가 60년쯤 전에 문을 열어 하와이에 빙수라는 것을 처음 판매한 곳이다. 사업이 번창하면 건물도 새로 짓고 프랜차이즈도 만들 법한데 오래된 모습 그대로다. 수많은 사람들이(물론 오바마 대통령도) 이곳에서 빙수를 먹었고 다시 찾고 있다. 눈 깜짝할 사이에 변하는 세상에서 대를 이어가며 오리지낼러티를 지키고 있는 가게가 사랑스러웠다. '원조'라는 간판을 내걸지 않아도 누구나 이곳이 원조라는 것을 알고 있는 것이다. 가게로 들어가보니 예전에 쓰던 손으로 돌리는 빙수 기계가 보였다.

아이스크림 콘처럼 생긴 빙수 위에 세 가지 과일 시럽을 선택할 수 있다. 천연 과일 시럽이라고 하지만 형광색을 띄고 있어서 어쩐지 인공색소가 아닐까 의심이 되었다. 우유부단한 나 같은 손님을 위해 미리 준비된 콤비네이션 메뉴 중, 레인보우를 시켰다. 그리고 그 위에 연유를 추가했다(팥이나 아이스크림, 우유도 추가할 수 있다). 생각보다 맛은 괜찮았다. 돌양이 빙수를 먹고 기분이 점점 나아지는 듯 보였다. 그 옆에는 경쟁자 가게(혹은 유명 가게를 따라하는) 아오키 빙수집이 있었는데, 사람은 별로 없었다.

거리에는 주로 서퍼 레슨 숍, 서핑보드 판매점, 옷가게, 음식점 등이 있었다. 점심을 먹으려고 했으나 아침에 말라사다스 도넛과 초밥을 먹어서 이미 배가 차버렸다.

ooo

여자가 말해쥰 쓰리 테이블이 있는 북쪽으토 차를 몰았다. 쓰리 테이블은 말 그대로 세 개의 테이블이 바다 위에 놓여 있는 것처럼 보이는 바위였다. 비가 부슬부슬 오고 파도도 높았다. 살인 사건이 일어난 현장처럼 아예 노란 띠를 쳐놓고 물에 들어가지 말라고 경고를 해놓았다. 아침부터 집을 나와서 잠이 쏟아졌다. 우산을 펴고 해변에 누웠다. 돌양은 깜빡하고 잠이 들어버렸고 나는 혹시나 우산이 바람에 날아갈까봐 꼭 잡고 있었다. 파도가 잔잔해지나 기대를 했는데 웬걸, 비바람이 거세져서 우산을 꼭 붙들어야 했다.

집으로 가는 길에 와이메아 해변에 다시 들러 짧게 스노클링을 했다. 파도가 있는 왼쪽은 피하고 잔잔한 오른쪽으로 가서 살펴보니 나름 물고기들이 돌아다니고 있었다. 바닥도 대체로 평평하고 깊이도 제법 있어서 초보들이 스노클링을 하는 데 적당했다. 돌양은 끝까지 물에 들어가지 않았다. 혼자서 생소한 바다를 누비는 것은 그리 재미있지 않았다.

고속도로를 타고 다시 집으로 돌아오는데 퇴근 시간인지 호놀룰루 근처에서 차가 꽉 막혔다. 다운타운으로 우회해서 우리 해변으로 돌아왔다. 흐렸던 날씨는 어디로 가고, 쨍 하고 날씨가 맑아졌다. 거의 매일 들어가는 와이키키 월 왼쪽의 바다. 돌양은 보드를 들고 바다로 첨벙 들어갔다.

"빨리 들어와, 파도가 밀려오고 있다고!"

돌양이 환하게 웃으면서 말했다.

할레이와Haleiwa의 인구는 고작 4천 명 정도밖에 되지 않지만 전 세계 서퍼들이 몰려드는 서핑의 성지다. 특히 파도가 높이 이는 겨울이 되면 무척 붐빈다. 호놀룰루나 와이키키에 비해서 북쪽 해변은 시골에 가깝다.

또다시 차에 문제가 생겼다. 지난번 견인 사건보다는 덜 황당하지만 하마터면 더 큰 일이 날 뻔했다. 배터리가 방전되어 시동이 걸리지 않는 것이다. 동글이가 지나가는 말로 배터리가 잘 나간다고 했고, 지난밤에 주차를 도와주던 남자(내가 평행 주차를 허둥지둥 하는 꼴을 보고 도와주었다)도 배터리가 거의 다 됐다는 말을 했었다. 이 정도라면 뭔가 조치를 취했어야 하는데 태평하게 집으로 돌아간 것이다. '별일 없겠지'와 '무슨 일이든 생길 수 있어' 사이의 균형이 잘 맞아야 하는데, 여행지에서는 '무슨 일이든……'에 추를 좀더 두어야 한다.

하와이에서는 무슨 일이든 일어날 수 있다는 걸 깜빡했다. 그래서 차를 견인 당하고, 배터리가 방전된다. 등산길은 막혀 있고, 버스는 원하는 곳에 도착하지 않는다. 이런 게 다 추억이 되고 여행의 묘미고, 일기에 쓸 거리가 생기지…… 라고 위안해보지만 당장엔 전혀 위안이 되지 않는다.

아무튼 몇 번 더 시동을 켜보다가 집으로 돌아왔다. 다행인 것은, 밖(가령 노스 비치의 한적한 해안)에서 이런 일을 당했다면 어떻게 되었을까? 생각만 해도 식은땀이 흐른다. 혹은, 오늘이 알라와이 대로의 청소 날이었다면? 견인을 당할 뻔했다. 집으로 돌아와 배터리 문제에 대한 검색을 해보았다. 배터리를 갈아야 할 필요는 없고 점화 플러그에 점프 스타트만 해준 뒤 엔진을 돌려주면 충전이 된단다. 그런데 누가 그걸 해주지?

이때 생각난 사람이 하와이대학의 브라운 씨. 바쁜 사람을 이런 일로 부른다는 게 미안했지만 염치 불구하고 전화를 했다. 다행히 점프 스타트를 할 수 있는 케이블이 있다고 했다. 우리는 대로변에 차를 세워놓고 점프 스타트를 시도했다.

"이런 거 예전에도 해보셨나요?"

불안하지만 어쩔 수 없다. 일단 후드를 열고, 배터리를 찾은 뒤에 그의 배터리 플러스와 내 플러스를 연결하고 다른 쪽은 접지를 했다. 시동을 걸어보니 짜잔, 하고 시동이 걸린다. 눈물이 날 뻔했다.

"당신은 생명의 은인이에요!(You are my life saver!)"

라는 말이 튀어 나왔다. 좀 과장되었긴 하지만 그는 죽은 배터리를 살려낸 생명의 은인인 것이다.

주차를 한 상태에서 공회전을 한 뒤 충분히 배터리를 충전시켰다. 그것도 성에 차지 않아 파도타기를 끝낸 돌양을 태우고 다이아몬드 헤드 꼭대기까지 차를 몰았다. 반달에도 파도가 하얗게 빛이 났다. 낮에만 가끔씩 보던 곳인데 달빛에 반사된 파도를 보니 약간 으스스해지기도 했다.

○○○

마지막 민박 손님으로 덴, 이라는 인도계 남자가 왔다. 컴퓨터 엔지니어로 일하던 남자인데 새 직장을 구하는 사이, 항공 마일리지가 있어서 하와이로 휴가를 왔단다. 와이키키 셔틀을 타고 내릴 곳이 오하나 이스트 호텔(우리집과 가장 가깝다)이라고 몇 번이고 이야기해줬는데도 오는 길에 자꾸 전화를 걸어 어느 곳에서 내려야 하냐고 물었다. 음, 귀가 잘 안 들리나? 혹시 진상인가? 막상 그를 만나니 해답이 풀렸다. 비행기를 타고 오는 중에 맥주를 너무 많이 마셨던 것이다. 눈동자가 풀려 있고 발음도 입속에서 돌았다. 그러지 않아도 느끼한 말투가 더 느끼하게 들렸다.

저녁에는 집에 오다 길을 잃어버렸다는 전화가 왔다. 길 건너편의 KFC에서 그는 지나가는 사람들을 구경하며 나를 기다리고 있었다. 지나가는 일본 여자들이 너무 예쁘다며 설레발을 쳤다. 지나가는 여자에게 자꾸 하이, 라고 인사를 해서 사람을 민망하게 만들었다. 괜찮은 술집이 있냐고 묻기에 관광객이 시끌벅적하게 모이는 바에 함께 갔다.

"왜 이렇게 와이키키에는 모델 같은 여자들이 많은 거야?"

"너는 도대체 어디에서 온 거니?"

"애틀랜타에는 아줌마들뿐이라고."

"거짓말. 올림픽도 열렸던 곳 아냐?"

덴의 눈이 휙휙 돌아간다. 하와이에 이주해서 직장을 잡아야겠다는 둥, 콘도를 사고 싶다는 둥, 흥분해서 떠들어댔다. 어이, 덴. 예쁜 여자는 대낮에 와이키키에 가면 더 볼 수 있다고. 눈을 그만 돌려. 바텐더에게 이상한 농담 좀 하지 마. 제발, 집에 몇 시에 돌아가는지는 왜 묻냐고?

와이키키를 가로지르는 쿠히오 거리(카마카메하보다는 서민적이다)에는 누가 봐도 데이트 서비스를 하는 여자들이 으슥한 밤이 되면서 있곤 한다. 기이할 정도로 높은 힐과 짧은 치마를 입고 주위를 두리번거리거나 낯선 남자에게 인사를 건넨다. 그런데 왜 그들은 약속이나 한 듯이 투명한 힐을 신고 있는 것일까?

Day 49
바디보드와
작별하다

날씨가 믿을 수 없을 정도로 맑아서 근처에 드라이빙을 가야겠다고 마음먹었다. 그런데 오전 아홉시 경에 동글이에게 전화가 왔다. 원래 저녁에 공항에 도착할 것으로 생각했는데 벌써 호놀룰루에 도착을 했다는 것이다. 아마도 돌양과 내가 도착시간이 아침 아홉시가 아니라 저녁 아홉시라고 잘못 생각한 것 같았다. 허겁지겁 차를 빼서 공항으로 픽업을 하러 갔다. 동글이는 성공리에 우쿨렐레 공연을 마쳤단다. 맛있는 것도 많이 먹고, 술도 많이 마시고.

동글이를 일단 집에 데려다주고 세차를 하러 갔다. 전날 새똥이 덕지덕지 차에 붙어 있었고 바다에 나가 논다고 차 안과 트렁크에 모래가 가득했다.

우리가 찾아낸 세차장은 차를 세워놓고 천천히 움직이면 아저씨 두 명이 나타난다. 그때 차에서 내리면 1. 차 안의 모래를 모두 진공청소기로 밀고 2. 자동 세차와 왁스를 한 다음 3. 물기를 손으로 깨끗이 닦아준다. 남미에서 온 것 같은 아저씨들이 너무 열심히 차를 청소해줘서 미안한 기분(특히 우리처럼 모래 범벅인 차가 드물었을 것이다)이 들었다. 자신들도 나름 일하는 기준이 있는지 차 근처로 가니 아직 덜 됐다며 기다리라고 했다.

세차를 하고 시간이 남아서 드라이빙을 나섰다. 목적지는 할로나 블로홀Halona Blowhole과 지상에서 영원으로From Here to Eternity의 비치. 우리가 주로 22, 23번 버스를 타고 마카푸우 해변이나 펠레의 의자에 갈 때 지나던 곳이다. 파도가 치면 분수처럼 용솟음친다는 블로홀은 우리가 지켜보는 동안 분수를 만들지 않았지만 바다와 파도를 보는 것만으로도 충분했다. 깊고 깊은 바다 색깔 때문에 눈이 파랗게 물들 뻔했다.

동글이와 만나 타이 식당에서 밥을 먹고 저녁에는 파도를 타러 갔다. 동글이는 한국에서 파도를 타고 싶어 몸이 근질거렸다고 했다. 파도는 잔잔해서 기다려도 오지 않았다. 전망대 오른쪽엔 인세나 큰 파도가 지고, 이런 날엔 꾼들은 모두 그곳에서 파도를 탄다. 돌양이 부러운 듯 파도를 쳐다보다가 그쪽으로 헤엄치기 시작했다.

세찬 파도를 한 번 탄 것까지는 좋았다. 방파제까지 밀려오다가 보드를 놓쳐버렸다. 오늘따라 손에 묶어놓지도 않아서 보드는 순식간에 멀어졌다. 수심은 깊지 않았다. 그러나 바닥이 온통 거친 바위라서 파도가 칠 때마다 넘어졌다. 끊임없이 밀어닥치는 파도를 맞으려니 피곤했다. 보드는 저기 방파제 끝으로 밀려가는 것이 보였다. 이렇게 있다가는 보드도 못 찾고, 이곳을 빠져나가지도 못할 것 같았다. 파도 밑으로 들어가야 파도를 피할 수 있다. 잠수를 했다. 수심이 얕아 산호를 잡고 몸을 밀어 그곳을 빠져나왔다. 손바닥 몇 군데가 옅게 베였다. 전망대에 올라가 보드를 찾아보았지만 어찌된 일인지 보드가 보이지 않았다.

어차피 틈이 벌어지고 플라스틱 껍데기가 벗겨지기 시작해서 버려야 하는 보드였지만 잃어버렸다고 생각하니 아쉬웠다. 방파제 안으로 들어왔으면 분명히 보일 텐데. 보드는 파도에 쓸려 태평양으로 간 것일까? 오아후 섬을 한 바퀴 돌고 돌고래들과 놀고 있을지도 모르지. 어쩌면 몰로카이 섬에 도착했을지도 모른다. 석양을 향해 안녕, 이라고 말했다. 간단하고, 적절한 바디보드와의 작별이었다.

세상에서 가장 아름다운

노을 중의 하나는

이렇게 바다에 둥둥 떠서 보는

노을이다.

7부
아 후 이 호 우
A Hui Hou

하와이 여행의 끝자락, 동글이의 소개로 코알로하Koaloha 우쿨렐레 공장을 찾아갔다. 돌양이 꼭 한번은 우쿨렐레 만드는 과정을 보고 싶다고 하던 차에 동글이가 코알로하를 소개시켜준 것이다. 이왕 공장을 방문하게 된 거니 코알로하를 취재해《보일라VoiLa》에도 실기로 했다.

대부분의 우쿨렐레는 중국이나 동남아시아에서 대량 생산되는데 가격이 저렴하여 초보자들의 연습용으로 좋다. 하와이산 우쿨렐레는 빅아일랜드에서만 자라는 코아 나무를 사용해 수공으로 제작한다. 몇 개의 유명한 브랜드가 있는데, 그중 코알로하는 예약을 해야 할 정도로 인기가 좋다.

공장은 호놀룰루 다운타운에서 서쪽으로 약간 떨어진 공업지역에 있었다. 1층에는 공장과 전시실을 겸한 우쿨렐레 매장이 있었고 2층에 사무실이 있었다. 창립자인 아버지(알빈 오카미, Alvin Okami)와 그를 잇는 아들(알랜 투 오카미, Alan Tu Okami), 열대여섯 명의 직원이 전부인 아담한 규모였다. 이곳의 우쿨렐레는 공장에서 찍어내듯 만드는 게 아니라 (기계의 힘을 빌려) 하나하나 수작업을 통해 만들어진다.

얼마 전, 동글이와 한국에 다녀온 알랜은 한국 음식에 푹 빠졌다며 반갑게 맞아주었다. 악기를 만들고 있어서일까, 하와이에 살고 있어서일까. 중년의 얼굴이라곤 믿어지지 않게 천진난만한 소년 같은 인상이다. 우리는 1층으로 다시 내려가 우쿨렐레 제작과정을 둘러보았다. 더스틴이라는 직원이 우리를 안내하며 자세한 설명을 해주었다.

더스틴이 설명해준 우쿨렐레를 만드는 과정은 다음과 같다.

1. 나무를 자른다(빅 아일랜드에서 가져온 코아나무를 쓴다. 요즘 나무들은 폭이 좁아서 앞뒤 판을 만드는 데 반을 잘라 하나를 만든다. 그래서 우쿨렐레 앞판에 대칭 무늬가 생긴다).

2. 자른 나무를 이용해 앞, 뒤판과 굴곡 있는 옆 부분을 만든다(옆 부분은 미리 만들어진 형틀이 있다. 나무를 뜨거운 물에 담근 뒤 토치로 간접 열을 가해서 구부린다).

3. 판을 조립한다(윗부분과 아랫부분을 조립할 때 중간이 뚫린 사각 프레임을 이용한다. 그래서 더 튼튼하고 소리가 잘 울린다고).

4. 미리 만든 넥을 통에 붙인다(넥에 홈을 파서 운지판을 만드는데 이곳에서 직접 개발한 정밀한 칼날이 있다. 플랫 수만큼 정확한 간격으로 만들어져 있어서 한 번에 홈을 팔 수 있다).

5. 사포질과 니스 칠로 마감한다(2에서 통에 다른 무늬나 모양을 새길 수도 있고 이번 과정에서도 후공정을 할 수 있다).

모든 공정이 수작업으로 이루어지기 때문에 하루에 열네 개 정도밖에 만들 수 없다. 코알로하의 우쿨렐레는 무척 가볍고, 소리가 크고, 밝다. 대량 생산되는 중국산을 쳐보다가 코알로하 우쿨렐레를 치면 '정말 같은 종류의 악기야?'라고 생각할 정도로 소리의 차이를 느낄 수 있다. 우쿨렐레가 아이들이 치는 장난감이 아니라 진짜 악기라고 느껴지는 것이다. 코알로하의 우쿨렐레를 알아보는 또다른 방법은 헤드의 모양이다. 왕관처럼 뾰족뾰족하게 튀어나온 그 모양은 로고와도 닮았다. 주먹밥처럼 생긴 홀Misubi hall도 특이한데 소리를 좀더 풍부하게 내준다고 한다. 이곳 사람들은 어떻게 하면 심플하고 좋은 소리를 내게 할 수 있을까를 고민한다.

직원들은 우리가 기웃거리는데도 반갑게 인사를 해주었다. 나무 먼지가 날리고 니스 냄새가 나지만 다들 가족처럼 친하게 지내고, 즐겁게 일하는 것 같다. '나, 최저 임금 받으면서 죽지 못해 일해요' 같은 분위기가 아니라, '우쿨렐레 만드는 일이 좀 까다롭지만 멋져 보이기도 하죠'라고 말하는 거 같다.

000

코알로하는 앨런의 아버지, 앨빈 오카미가 20년 전에 만든 회사다. 예전에 광고 음악을 만들다가 플라스틱 회사를 인수해 공장을 꾸려가던 앨빈에게 홀연히 나타난 오타상(우쿨렐레 뮤지션)이 미니 우쿨렐레를 만들어줄 수 있겠냐고 부탁하면서 우쿨렐레의 세계로 발을 디디게 되었다고 한다.

그는 갖은 노력을 다해 장식뿐만이 아니라 실제로 음을 낼 수 있는 우쿨렐레를 6개월에 걸쳐 만들어냈다. 미니 우쿨렐레를 만들기 위해서는 공구도 작아야 하고 훨씬 정밀한 공정이 필요했지만 이 과정에서 그의 장인정신이 빛을 발하기 시작했다. 미니 우쿨렐레는 많은 사람들을 놀라게 했고, 실제 사이즈를 만들어보라는 권유로 플라스틱 공장에서 우쿨렐레 공장으로의 대전환을 시도했다. 이런 시도를 아들 앨런은

반대했다. 아버지의 뜻을 거른 적이 한 번도 없었지만, 플라스틱 공장에서 우쿨렐레 공장으로 변하는 것은 누가 봐도 미친 짓이 아니었을까?

그래서 알랜이 공장을 그만뒀냐고? 아니다. 일 년 동안 월급이 나오지 않는데도, 밤에는 호텔에서 일을 하고 낮에는 우쿨렐레를 만드는 고행을 함께했다. 사전 지식이 없었기에 모든 제작 과정은 시행착오를 통해 이루어졌다. 고생했던 시절의 이야기를 할 때, 알랜의 눈가가 촉촉해졌다. 감수성이 예민한 것은 하와이 사람들의 특성일까, 알랜의 특성일까.

회사의 규모를 더 키울 생각이 있느냐고 물어보니 한마디로 노, 라고 대답한다. 지금 이 정도의 규모가 모든 직원을 가족처럼 대할 수 있고, 전 직원이 전 파트에 관여해서 우쿨렐레를 하나 만들 수 있는 능력을 가지기 때문에 좋단다. 일본이나 본토에서 너무 상업적으로 변한 우쿨렐레 문화보다 (일본에 판매되는 우쿨렐레의 개수는 미국 전체에서 팔리는 양보다 많다) 우쿨렐레가 진정한 악기로 인정받기를 원한다고 했다. 한국에서 막 일어나고 있는 우쿨렐레 붐이 좀더 좋은 쪽으로 향했으면 좋겠단다.

나는 진정한 철학이 느껴지는 사업가를 만나본 적이 별로 없다. 비즈니스의 핵심은 이익을 내는 것이고, 이익과 철학을 동시에 지키기엔 힘이 들 것이다. 하지만 알랜과 단 한 시간을 이야기했을 뿐인데도, 그가 정말 우쿨렐레를 사랑하고, 전 직원을 가족같이 아끼고, 아버지와 이 회사에 존경과 긍지를 가지고 있다는 것을 알 수 있었다.

알랜이 한국에 관심을 가지게 된 것은 물론, 동글이가 이곳을 드나들었기 때문이다. 그가 우리나라 최초의 우쿨렐레 앨범인 우쿨렐레 피크닉 CD를 건네주었고, 알랜은 그걸 듣고 신선함을 느꼈단다. 자신을 스폰서 해달라는 뮤지션들이 많은 CD를 보내오는데, 뭐라고 할까…… 우쿨렐레 피크닉의 음악은 굉장히 쉽고 산뜻했다고. 그런 음악을 만드는 사람이 나쁜 사람일 수는 없다는 확신을 가졌단다. 가족처럼 우쿨렐레의 발전을 위해 노력할 수 있는 뮤지션을 후원할 수 있으면 좋겠다고. 그래서 우쿨렐레 피크닉의 조태준을 후원하게 되었다. 조태준은 하와이에서 약 두 달 가량 머물면서 하와이 뮤지션과 교류하고 우쿨렐레도 배웠다. 알랜의 후원으로 멋진 우쿨렐레도 얻었고 한국으로 돌아가서는 우쿨렐레 공연에 함께 참여하기도 했다.

이런저런 이야기를 듣고 아래층 매장에 가서 인터뷰용 사진을 찍었다. 완성된 우쿨렐레를 배경으로 알랜의 사진을 찍는데, 말을 할 때엔 표정이 자연스럽더니 어색하게 굳어버렸다. 돌양은 자꾸 말을 시켜서 자연스러운 표정을 만들라고 주문했다. 어이, 그런데 그게 그렇게 쉽지 않다고.

사진을 찍고 우쿨렐레들을 하나씩 쳐보고 있는데, 알랜이 뭔가를 건넨다. 소프라노 우쿨렐레다.

"하와이산 우쿨렐레로 태교를 하면 더 좋을 거야."

인터뷰를 할 때 돌양이 우쿨렐레로 노래를 부르면서 태교를 하고 있다고 말했다. 물론 그 소리를 들을 수 있는 건 아니겠지만. 하와이에서 얻은 게 많지만, 이건 정말 뜻밖이다. 일단 감사하다고 받고(당연하다) 집으로 돌아왔다. 가장 큰 보답은 이 우쿨렐레로 열심히 알로하 마인드를 전하는 게 아닐까 싶다. 예전에 한 번 우쿨렐레로 결혼식 축가를 부른 적이 있는데, 이제는 하와이산 우쿨렐레로 불러줄 수 있겠지. 마우이도 그 노래를 들을 것이고.

로열 하와이안 쇼핑센터의 푸드코트에서는 화요일에서 금요일까지 아침 10시에 무료로 우쿨렐레 강습을 시켜준다. 푸아푸아 우쿨렐레 숍에서도 무료 강습이 있다. 일주일 정도면 기본적인 코드를 치면서 노래를 부를 수 있다. 생각보다 아주 쉽다.

Day 51
하와이대학
학생회관에는
맥주 바가 있다

비가 주룩주룩 내렸다. 일주일에 하루 정도는 이렇게 비가 내린다. 동글이가 비도 오니 맥주나 한 잔 하자며 하와이대학 안의 학생회관으로 이끈다. 맥주 마시자면서 웬 대학교 학생회관?

그렇다, 하와이대학의 학생회관에는 맥주 바가 있었다. 한국은 대학가가 곧 유흥가인데 하와이대학의 근처는 유흥문화가 없다. 와이키키가 워낙 큰 상업지역이라 근처의 상권을 모두 흡수해버렸을지도 모른다. 무슨 이유든 학생회관의 맥주 바는 저렴한 가격에 술과 안주를 제공했다. 훗, 이것이야말로 진정한 학생 복지다.

맥주를 마시면서 이런저런 이야기를 나누었다. 동글이는 우쿨렐레 잡지를 만들고 싶지만 돌양의 조언과 여러 가지 상황으로 잠시 미루

337

고 다른 일을 도모중이다. 무엇이 됐든 우쿨렐레와 관련된 일일 것이다. 돌양은 하와이대학에서 대학원에 진학해볼까 고민중이다. 열대의 꽃과 나무, 물고기를 그려보고 싶다고 한다. 돌아갈 날이 며칠 남지 않은 상황에서 그런 이야길 해버리니 진지하게 들리지 않는다. 물론, 나는 알고 있다. 돌양은 학교에 다니고 싶은 게 아니라 하와이에 더 머물고 싶은 것이다.

ooo

오후에는 거짓말처럼 날씨가 개었다. 당연히 파도를 타러 갔다. 몇 개의 좋은 파도와 고만고만한 파도들이 쳤다. 썰물 때라 한참을 가도 수심이 깊어지지 않았다. 그것보다 낮에 마신 맥주 두 잔 때문에 머리가 아팠다. 음주 파도타기 금지. 절대, 술을 마신 뒤 바다에 들어가지 마시오.

마트에 들러 돼지고기를 샀다. 두꺼운 삼겹살인 줄 알았는데 뼈가 들어간 갈비다. 그래도 오븐에 넣고 바짝 구워 먹었다. 함께 산 문어 무침과 아히 포키도 맛있었다. 이런 식의 저녁식사도 이제 끝이 난다고 생각하니 기분이 울적해졌다.

마지막 손님인 덴은 계획을 바꿔 오늘 집을 떠났다. 해변에 혼자 쓸 수 있는 콘도를 빌렸다고 한다. 와이키키에서 여자 친구를 만들고 싶은 덴이 혹시나(?) 모를 일을 대비한 것이다. 그러면서 오늘 선셋크루즈를 함께 타자고 한다. 나랑 함께 있으면 여자들이 좋아할 거라고. 돌양에게 말하지 말아야지.

덴은 어제는 하루종일 보이지 않았는데, 놀랍게도 당일치기 빅 아일랜드 투어를 다녀왔단다. 아침 일찍 비행기를 타고 빅 아일랜드에 도착한 뒤, 관광버스를 타고 화산에 올라갔다. 빅 아일랜드는 최소한 3일 정도 머물러야 하는데…… 능글능글한 덴에겐 어떤 일도 힘들거나 어렵게 보이지 않는다. 세상에는 힘들게 보이는 일들도 아무렇지 않게 해버리는 사람이 있다. 바보 같아 보이는 일들도 어이없는 일들도 뚝딱, 해버린다. 어쩌면 나는 너무 복잡한 사고방식을 가지고 있는지도 모른다. 그나마 하와이에서 약간 느긋해지긴 했지만.

정말로 빅 아일랜드 하루 투어는 존재했다. 아침 일찍 비행기를 타고 공항에 도착하면 관광 가이드와 버스가 기다린다. 코스에 따라 다르겠지만 주로 화산 지역을 보여준다. 한국인 가이드가 붙는 곳을 보니 300달러 내외니까 (비행기 왕복 포함) 시간이 없고 운전하기도 귀찮다면 나쁘지 않다.

Day 52
바다의
일부가 되는 법

동글이와 일렉트릭 해변으로 향했다. 어제는 비가 왔는데 오늘은 날씨가 무척 좋았다. 고속도로를 획획 달려 일렉트릭 해변에 도착했다. 파도는 지난번보다 약간 높은 듯했다. 이곳의 물고기들은 여전히 따뜻한 물을 따라 빙글빙글 돌고 있었다. 동글이는 수중 카메라를 들고 와 연신 사진과 비디오를 찍어댔다. 이곳에서 오래 살았지만 일렉트릭 해변은 처음 와본다고 했다. 물론 이런 광경도 처음 본 것이라며 놀라워했다. 역시, 처음엔 다들 놀라는구나. 두번째라 그런지 물고기의 수가 줄어든 것 같이 느껴졌었다. 비슷한데 감동이 줄어들었을 지도.

동글이가 잠수를 하더니 물이 분출되는 파이프까지 헤엄쳐 갔다.

수면에서 내려다보는 풍경도 멋지지만 저 안으로 뛰어든다면 더 많은 물고기와 산호를 볼 수 있다. 물 위로 올라온 동글이가 파이프 입구에 가면 따뜻한 물 회오리에 휩쓸릴 수 있으니 주의하라고, 방금 회오리에 휩쓸려서 당황했었다고 말했다. 나는 파이프 입구를 피해 잠수를 시도했다. 오리발을 젓는 힘이 부족해서인지 동글이처럼 깊은 곳까지 잠수할 수는 없었다. 하지만 스노클링으로 물고기를 지켜보는 것보다 더 많은 물고기를 가까이서 볼 수 있었다. 어쩌자고 점점 더 재미있어지는 것일까. 우리는 이제 떠나야 하는데…….

ooo

중국 음식의 맥도날드 격인 팬더 익스프레스에서 점심을 먹고 근처에 있는 코올리나Koolina 리조트로 향했다. 이곳에 인공 해변을 만들었는데 방파제 부근에 물고기들이 많다는 정보를 입수했다. 몇 년 전만 해도 워터파크가 하나 있을 뿐 휑한 공업지역이었는데 어느새 근사한 리조트와 골프장이 조성되어 있었다. 네 개의 라군(Lagoon_ 석호, 인공 못)이 똑같은 모양으로 파여서 있는 모습을 구글 위성 지도로 확인했다. 문제는 주차였다. 일반 사용자들에게 무료 개방된 주차시설이 부족하여 2, 3, 4번 라군 주차장으로 우왕좌왕 하다가 마침내 2번 주차장에 주차할 수 있었다.

　　라군의 모습은 매직 아일랜드와 비슷했다. 인공적으로 움푹 들어
간 해변을 만들고 바다 앞에는 둑으로 파도를 막아놓았다. 둑까지 헤엄
쳐 가서 그곳에서 잠시 주위를 둘러보았다. 바닷물이 들어오는 바위틈
에 물고기들이 지나다녔다. 커다란 바위로 둑을 만들어놓은 곳이라 수
면 아래가 음산한 분위기를 풍겼다. 나는 물속으로 들어가 바위처럼 서
있었다. 양쪽으로 바위를 꼭 잡고 바다의 일부가 되기 위해 노력했다. 선
녀들이 목욕하는 것을 훔쳐보는 나무꾼처럼. 그래야, 녀석들이 도망가
지 않을 테니까.

오아후 섬에서 가장 동떨어진 지역에 지어진 리조트가 코올리나 리조트다. 와이키키와도 멀고,
노스 쇼어와도 멀다. 인공적으로 만들어진 라군과 골프 코스가 있다. 이런 스타일의 리조트는
전 세계 어디를 가도 비슷한 모양으로, 기후를 제외하고는 하와이에 왔다는 것을 느낄 수가 없
다. 모든 해변은 시민에게 개방되어야 하기 때문에 시민들을 위한 주차장이 있지만 그 수가 터
무니없이 적다.

하와이에서 보내는 마지막 일요일이다. 날씨는 연이틀 화창했다.
일어나자마자 아파트 베란다에서 하늘을 확인하는 게 습관이 되어버렸
다. 외출을 할 것인지 아닌지를 빨리 결정해야 하루의 계획을 세울 수 있
다. 보통 이삼일 정도 흐리면 삼사일 정도 화창한 날씨가 이어진다.

집 근처에 있는 키오리 타이 식당에 아침을 먹으러 갔다. 매번 지
나가는 곳인데 마지막이 되어서야 가본다. 창문이 없어서 새들이 식당
안까지 들어와 돌아다닌다. 공항도 식당도 창문이 없다. 아니, 정확하게
는 유리가 없다. 공기가 충분히 깨끗하고 시원하기 때문에 유리창이 필
요가 없는 것이다.

문득, 모든 것이 너무 당연하게만 여겨졌다. 자주 가는 바에서 바텐더가 내가 마실 맥주를 물어보지도 않고 가져다주고, 길에서 마주치는 홈리스 아저씨(특히 병원복 입은 아저씨와 버스 정류장에서 윗도리 없이 지내는 뚱보 아저씨)들을 알아보고, 얄미운 점원이 일하는 ABC 스토어를 알고, 대부분의 호텔 이름을 알아맞힐 수 있고, 버스 번호만 봐도 어디로 가는지 대충 알게 되었으니…… 집으로 갈 때가 된 것이다.

○○○

집에 돌아와 짐 정리를 하고 푸아푸아에 가서 우쿨렐레 줄을 갈았다. 내가 돌양에게 사준 빈티지 우쿨렐레는 특이하게도 현이 여섯 개다. 두 줄을 빼고 4현으로 쓰고 있어서 원래대로 줄을 더 달았다. 두 개의 줄을 한 번에 쳐야 하는 어려움이 있지만 반주용으로는 6현이 더 풍부한 음을 낼 수 있다고 한다. 코알로하에서 받은 소프라노 우쿨렐레는 연주용, 푸아푸아에서 산 빈티지 우쿨렐레는 반주용.

오후에는 퀸스 해변에 갔다. 오늘의 파도는 중간 이하 정도. 나는 파도를 타지 않고 물속을 들여다보았다. 돌양도 파도를 타기보다는 멍하니 물 위에 둥둥 떠 있었다. 사실, 하와이에 와서 가장 많은 시간을 보낸 곳이 이 바다일 것이다. 그리고 바다에서 보낸 대부분의 시간에 우리는 파도를 기다리며 물 위에 둥둥 떠 있었다.

저녁에는 브라운 아저씨 집으로 가서 주문한 커피를 받아왔다. 그는 부업으로 빅 아일랜드에서 작은 커피 농장을 하고 있다. 원래는 저녁 식사에 초대 받았는데 여섯 시간씩 이어지는 식사를 참을 수 없어서 저녁 열 시쯤(디저트가 준비될 시간)에 찾아갔다. 주인장과 중국에서 온 커플이 아이스크림을 먹고 있었다. 디저트 와인 한두 잔을 마시고 이런 저런 이야기를 나누었다. 그러다가 내가 아버지가 될 예정이라는 것이 화제로 오르면서 가족에 관한 이야기로 흘러갔다. 결혼과 이혼, 아이 양육에 대한 경험을 해본 사람들이라 축하해주면서도 서로에게 상처가 되었던 부분에 대해 이야기했다. 전처와 회복될 수 없는 관계로 파경을 맞은 사람도 있고, 이혼 때문에 아이들이 정신적 문제가 생긴 경우도 있었다. 아침 드라마에서 나올 법한 상투적인 이야기들이 결국 다 우리의 삶이다. 나도 모르게 한 발짝 한 발짝 다가가고 있는 것 같다. 원하든 원하지 않든.

브라운 아저씨에게 구입한 커피는 100퍼센트 코나산 유기농 커피다. 이곳에 와서 매일매일 100퍼센트 코나 커피를 마셨지만 그중에서도 오늘 산 커피는 최상품이다. 한국에 돌아가, 아침마다 이 커피를 마실 것이다. 글을 쓰기 전에 한 잔을 마시면, 하와이에 대한 추억 때문에 글이 잘 써지지 않을지도 모른다.

빅 아일랜드의 코나 지역에서 생산되는 커피는 전 세계적으로 유명하고 비싸다. 코나는 화산토양, 햇볕이 내리쬐는 아침, 비가 오는 오후, 선선한 저녁이라는 커피 재배에 적합한 조건을 가지고 있다. 커피 농장이 200개 정도 분포되어 있는데 대부분 가족 중심으로 운영되고 있다. 하와이의 모든 곳에서 코나 커피를 구입할 수 있으며 10퍼센트부터 100퍼센트까지 가격대도 다양하다.

지난밤에 우쿨렐레를 잃어버릴 뻔한 이야기부터 먼저 해야겠다. 조카의 선물로 우쿨렐레를 샀는데 쇼핑몰의 벤치에 놔두고 와버렸다. 하와이의 마지막 날에 그런 바보 같은 짓을 저지르다니. 헐레벌떡 벤치에 도착하자 벤치 한 귀퉁이에 우쿨렐레 박스가 보였다. 사람들은 내가 그 우쿨렐레의 주인인 것을 알아채자 웃으며 하이파이브를 해주었다. 마할로, 마할로. 하와이 말로 감사하다를 외치며 돌아왔다. 사실은 달려가면서 우쿨렐레기 그 자리에 있으리란 예감이 들었다. 그리고 그 예감은 틀리지 않았다.

차이나타운의 ROSS에서 땡땡이 무늬가 들어간 커다란 짐 가방을 샀다. 그곳에 우쿨렐레와 여러 벌의 옷을 담아갈 것이다. 파도와 햇빛, 달달한 공기도 담아가고 싶다. 단, 모래는 빼고.

재미난 작품이 걸려 있는 갤러리 앞에서 저절로 발길이 멈췄다. 물속을 헤엄치는 뚱뚱한 여자들이 그려진 유화와 기괴하고 해학적인 얼굴을 한 조각들이었는데, 중국의 젊은 작가들의 작품이라고 한다. 차이나타운의 갤러리에는 일본과 중국, 미국 본토의 젊은 예술가들이 전시를 하곤 한다. 아직 한국 작가의 전시는 보지 못했다. 돌양은 기회가 된다면 여기에 갤러리를 해보고 싶단다. 나쁘지 않은 생각이다. 한국의 젊은 미술가들은 재능이 뛰어난데 다들 어딘지 모르게 우울한 기운을 가지고 있다. 하와이에 3개월 씩 머물며 햇볕을 쬐고, 헤엄을 치고, 서핑을 하게 만들고 싶다. 대책 없이 발랄해져서 놀러만 다닐지도 모르지만, 새로 싹트는 차이나타운에서 두각을 나타낼 것이 틀림없다.

집으로 돌아와 참치 뱃살을 구워 먹고 청소를 하고 나머지 짐을 쌌다. 짐을 쌀 때엔 어디엔가 중요한 것을 놔둔 것 같은 기분이 든다. 부엌에, 화장실에, 찬장에, 서랍에…….

짐을 싼 뒤 늦은 오후에는 동글이와 포트 드러시Fort DeRussy 공원에서 바비큐를 해 먹었다. 이곳 사람들이 공원에 둘러앉아 바비큐를 해 먹는 모습을 자주 봤었다. 꼭 한번 해보고 싶었는데 마지막 날 결국 해볼 수 있게 되었다.

　우리는 창고에 누군가 놓고 간 숯 꾸러미를 들고 왔고 동글이는 고기를 준비했다. 평일이라 공원도 한가하고 바비큐 자리도 비어 있었다. 그릴이라고 해봤자 강철로 만든 통과 그 위에 선반 정도다. 준비해 둔 숯에 라이터 기름을 부어 불을 붙였다. 그런데 기름을 아무리 부어도 불이 붙을 기미가 보이지 않았다. 오래된 숯이라 불이 붙지 않나 싶어서 ABC 스토어에서 다시 숯과 기름을 사왔다. 그런데 그사이 그릴에서 고기가 지글거리며 타고 있는 게 아닌가? 이 숯은 처음부터 타오르는 게 아니라 시간을 두고 은근히 타오르는 숯이었던 거다. 이런 건 남자들이 알아서 척척 해줘야 하는데, ABC 스토어와 공원을 허둥지둥 뛰어다니다니…….

　커다란 스테이크 두 개와 불고기를 배가 터지도록 먹었다. 과연 저걸 다 먹을 수 있을까 싶을 정도였지만 한 입 두 입 먹다보니 자취를 감춰버렸다. 특히 두툼한 스테이크가 맛있었다. 이럴 줄 알았으면 더 자주 해 먹을 걸. 동글이와 이런저런 이야기를 나누었다. 맥주를 한두 잔 마시고 아쉬운 작별 인사를 했다.

새벽 여섯시에 일어나 샤워를 했다. 엘리베이터를 타고 일단 짐을 내려놓은 뒤, 열쇠를 집에 두고 문을 잠근 뒤 계단으로 내려왔다(이 아파트는 열쇠가 없으면 엘리베이터를 타지 못하는데 열쇠를 건네줄 관리인 아주머니가 이른 시간에 나오실 수 없어서). 문을 닫기 직전 아파트를 한번 둘러보았다. 오십 일이 넘는 기간 동안 우리가 살았고 다른 사람들도 스쳐간 집. 하와이 여행의 베이스캠프가 되었던 집이다. 하수도가 막힌 적도 있고, TV가 고장나고, 음식을 제때 치우지 않으면 바퀴벌레가 나타나고, 아침에 거리에서 들리는 청소차 소음은 상상을 초월하지만. 우리가 편안하게 자고 먹고 쉴 수 있었던 곳이다. 처음 이 집을 둘러보러

왔을 때부터 편안함을 느꼈다. 이 집이 없었더라면 하와이 여행은 다른 방향(아마도 우울한 방향)으로 흘러갔을 것이다. 방과 거실, 화장실을 한 번씩 둘러보고 놔둔 것은 없나 다시 한번 살펴봤다. 열쇠를 안에 넣고 문을 닫으면, 다시는 열지 못한다. 문을 닫는 것이 여행을 마치는 마지막 의식처럼 느껴진다. 나는 조심스럽게 문을 닫았다.

예약한 셔틀 밴에 몸을 싣고 공항으로 향했다. 돌양의 비행기는 델타고 나는 대한항공. 원래 돌양이 나보다 30분 정도 뒤인 정오 비행기였는데 일본인 승객 감소로 나보다 두 시간 앞선 비행기로 스케줄이 변경되었다. 공항에 도착한 것은 8시. 돌양이 체크인을 먼저 하고, 나도 체크인을 하려고 보니 대한항공의 카운터는 아직 열지도 않았다.

한참을 기다려 체크인을 하고 보안 검색대를 통과해 돌양의 탑승구로 갔다. 막 탑승이 시작되었다. 다행히 돌양과 인사를 나눌 수 있었다. 돌양은 도쿄를 지나 부산으로, 나는 인천을 지나 부산으로 비슷한 시간에 도착할 것이다. 돌양이 사라지자 혼자 남았다는 사실에 몹시 쓸쓸해졌다.

호놀룰루 공항 한가운데에는 일본식 정원이 있다. 아니, 중국식인가? 아무튼 잘 가꾸어진 정원에 시냇물, 정자, 작은 다리까지 있다. 멍하니 정원을 구경하면서 무슨 맛인지 모를, 지독히 맛없는 볶음밥을 먹었다. 하와이안 노래가 들렸다. 공항 복도에서 남자 두 명이 반주를 하고 여자 한 명이 노래를 부르고 있었다. 아쉬움을 품고 하와이를 떠나는 사람들을 위한 작은 공연인 것 같았다. 쓸쓸한 멜로디다. 입국장에 흥겨운 하와이안 노래는 괜찮지만 출국장에서 이런 슬픈 노래는 부르지 말아줬으면 좋겠다. 아 후이 호우(A hui hou, 우리 다시 만날 때까지)라는 가사가 들어가는 노래는 더더욱.

서울에서 호놀룰루까지는 7시간 40분이 걸리고 돌아오는 길은 두 시간이 더 걸린다. 미국 쪽으로 부는 제트기류 때문이다.

나는 물속으로 들어가

바위처럼 서 있었다.

양쪽으로 바위를 꼭 잡고

바다의 일부가 되기 위해 노력했다.

파라다이스의 가격.

하와이에 두 달 정도 살다가 왔다고 말하면 다들 부럽다고 말한다. 그리고 슬그머니 이 질문이 따라온다.

"그런데 얼마 들었어?"

생각보다 많이 들었다고 답하면 구체적인 액수를 대란다. 그럴 때마다 머릿속을 돌려본다. 비용을 계산하기가 만만찮다. 전체 비용에서 빼야 할 돈이 있다. 숙소 비용의 2/3는 민박을 해서 충당했다. 그리고 돌양은 저렴한 옷들을 사와서 자신의 가게에서 팔았다. 광안리에 부쩍 늘어난 외국인들에게 인기가 좋아서 거의 다 팔았다지만 거기서 얼마만큼의 이득이 났는지는 잘 모른다. 아무튼 통장 잔액이 눈에 띌 정도로 줄어든 건 확실하다.

대충 금액을 이야기하면 고개를 끄덕인다.

"생각보다 비싸지 않네."

안도하는 표정이다. 친구들은 얼마를 지불하면 행복해질 수 있는지 궁금한 것이다.

돈이라는 것은 실제적인 가치 같지만 사실은 추상적인 가치다. 통장에 남아 있는 돈도 숫자일 뿐 그것 자체로는 가치는 없다. 돈은 쓸 때 가치로 전환된다. 열심히 돈을 버는 것 같은 데도 가난한 느낌이 드는 건 그런 이유다. 남과 비슷하게 살기 위해, 불안한 미래를 대비하기 위해 돈을 벌지만 쓰고 싶은 데 쓰기보다는 써야만 하는 곳에 돈을 쓸 수밖에 없다. 대한민국에서 보통 사람으로 살기 위해 써야 할 돈은 생각보다 많다.

다행히 나는 보통 사람처럼 출퇴근을 하기 위해 차가 필요하지 않고, 번듯한 아파트도 필요 없다. 글을 쓰기 위한 작은 방이 필요할 뿐이다. 그곳이 광안리든, 할렘이든, 와이키키든.

우쿨렐레 뮤지션 조태준은 한국에 돌아와서 개인 앨범을 냈다. CD를 보내줬는데 그중에는 와이키키에서 직접 들었던 곡도 들어 있었다. 작년에는 동료 뮤지션과 결혼을 했나. 당연히 신혼여행은 하와이로 갔다. 동글이 역시 한국에 들어와 결혼을 했다. 다시 하와이로 가서 코알로하 우쿨렐레에서 일할 예정이다.

나는 하와이에 다녀온 뒤, 『하트브레이크 호텔』이라는 소설책을 냈다. 출간 기념회에서 조태준은 우쿨렐레로 축가를 불러주었다. 나와 돌양은 코알로하에서 받은 우쿨렐레로 후배 결혼식의 축가를 불러주었다.

하와이에서 돌아와 우리가 맨 처음 한 일은 산부인과에 간 것이다. 임신이라는 공식적인 진단을 받았다. 하지만 기쁨도 잠시, 8주가 지났는데도 심장이 뛰지 않더니 계류유산이 되었다. 아이를 갖는 일에도 준비가 되지 않았는데, 아이가 되기 전에 이별하는 일은 더욱 준비가 되지 않았다. 안타깝게도 마우이는 세상의 빛을 보지 못했다. 하지만 심장이 뛰기 전에도 마우이는 하나의 생명이었다. 뭐가 뭔지 잘 몰랐겠지만 눈부시게 빛나던 푸른 바다만은 기억해주었으면 좋겠다.

○○○

하와이에 있을 때, 샬미의 전화를 받은 적이 있다. 10여 년 전, 돌양에게 디자인 작업을 의뢰했던 인연으로 만나 친구가 되었다. 프랑스 출신의 미국인으로 한국과 중국 등을 돌아다니며 유학 사업을 한다. 흰머리가 많이 나 있긴 하지만 정확한 나이는 모른다. 항상 바빠서 어느 나라에서 전화를 거는지 알 수 없다. 와이키키 해변에 누워 있다고 하니 믿지 않는 눈치였다.

"너희들은 뭐하는 녀석들이냐?"

그러고 보니 마이애미에서, 샌프란시스코에서 그의 전화를 받은 적도 있다. 중국 진출을 위한 홍보책자를 만들어야 한단다. 와이키키로 오라고 했다. 어차피 그는 뉴욕에 있으니까 중국으로 갈 때 들르면 된다. 잠시 생각해보더니 아무래도 안 될 것 같다고 했다. 항공 마일리지는 지구 몇 바퀴를 돌 수 있을 만큼 쌓였지만 그걸 쓸 시간이 없단다.

돌양의 가게는 광안리 바닷가에 있다. 좁은 가게에 옷도 팔고, 액세서리도 팔고, 정체를 알 수 없는 것들도 판다. 가게는 열고 싶을 때만 열기 때문에 닫혀 있을 때가 더 많다. 어쩌다가 문을 열고 어쩌다가 들른 손님이 이것저것 한 무더기씩 사갈 때가 있어서 가게는 유지되고 있다. 솔직히 나는 돌양의 가게에서 물건을 사는 손님들을 이해할 수 없다.

가을쯤 한국에 들른 샬미와 가게 앞에서 만났다. 플라스틱 의자를 가게 앞에 내놓고 나는 맥주를 마시고 그는 야채주스를 마셨다. 이런저런 이야기를 나누다가 대뜸 그가 물었다.

"하와이엔 또 언제 가지?"

"왜?"

"나노 숨 쉬어 보려고. 요즘 허리가 말을 안 들어."

그의 흰머리가 유난히 많아 보였다. 시간이 아까워서 여자 친구도 만들지 않는다는 그도 세월 앞에서는 어쩔 수 없나보다.

"네 이야기를 듣고 보니 와이키키에서 조그만 한국 식당을 열어도 재밌을 것 같아서. 내가 요식업계에서 몸담아봤잖아."

그럼 그렇지. 놀러 가는 건 핑계고 또다른 비즈니스를 생각하는구나. 그가 부산에서 7년 전에 연 이탈리아 스타일의 카페는 석 달 만에 망했다.

"아직은 계획이 없는데. 간다면 내년 초쯤?"

"그럼 내가 한 달치 방값을 줄게. 내가 머물 수 있는 집을 빌려줘. 나는 길어야 일주일 정도밖에 머물지 못할 테지만 가이드는 해줄 수 있 겠지?"

농담인 줄 알았다. 그가 빳빳한 백 달러짜리 지폐 뭉치를 주기 전 까지는. 그래서 우리는 2012년 2월 다시 한번 하와이에 가게 되었다. 더 재미있는 일들이 생기고, 흥미로운 (그리고 이상한) 사람들을 만났다. 방값을 지불한 살미는 바빠서 오지 못했고, 대신 한국에서 다른 분이 우 리집으로 놀러왔다.

하와이에서 한 달을 지내고 캘리포니아로 건너가 다시 한 달을 사막에서 보냈다. 바다에 아이폰을 빠뜨리고 사막에서 렌터카 열쇠를 잃어버렸다. 누드 스노클링도 하고, 누드로 사막에서 선탠도 했다. 이건 다음 기회가 되면 좀더 자세히 이야기해주겠다.

파라다이스의 가격은 비싸다. 그곳이 어디든 마찬가지다. 예전에도 그랬고, 앞으로도 그럴 것이다. 싸게 갈 수 있는 곳이라면 파라다이스가 아니다. 누구는 마음속에 파라다이스가 있기 때문에 굳이 떠나지 않아도 된다고 한다. 그걸 믿는 것이 순진한 것인지, 믿지 않는 것이 순진한 것인지는 잘 모르겠다. 나는 그걸 믿지 않는다. 어딘가에 파라다이스는 실제로 있어야 한다. 지금은 여건이 되지 않아 갈 수 없지만 '이다음에' 가볼 파라다이스가 없다면 어떻게 하루하루를 견딜 수가 있을까?

사람들은 하와이를 파라다이스라고 여긴다. 사람 사는 곳이라 다 똑같아요, 라고 말해봤자 소용없다. 우유나 계란 값도 본토의 두 배고 와이키키는 복잡한 해운대하고 똑같고 한적한 곳은 제주도하고 비슷해요, 라고 말해도 그 믿음을 바꿀 수는 없겠지. 하지만 나는 하와이에 다녀온 후로, 파라다이스가 다른 곳에 있을 거라는 생각을 슬며시 하게 되었다. 행복한 사람들의 표정, 완벽한 날씨, 푸른 바다와 절경이 파라다이스에 가까웠지만, 완벽한 파라다이스는 다른 곳에 있을 것만 같다. 그곳이 어딘지는 잘 모르겠지만 그곳에 가려면 한동안 돈을 모아야 할 것이다.